Paul-Ernest de Rattier

PARIS
N'EXISTE PAS.

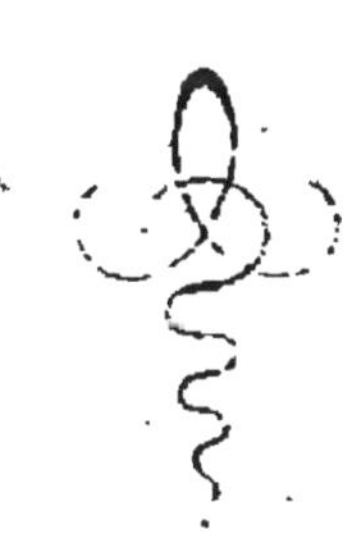

PARIS.

1857

À Son Altesse
Royale

Madame la

Grande-Duchesse

Régente

de Parme, Plaisance
et Guastalla

hommage respectueux de votre
plus aimant,
le plus fidal de ses serviteurs
Paul-Ernest de Rattier

PARIS N'EXISTE PAS.

Paul-Ernest de Rattier

PARIS

N'EXISTE PAS.

PARIS.

1857

PRÉFACE.

Il faut aujourd'hui que je fasse mon coup d'état littéraire. Las de faire antichambre dans le vestibule de la gloire, cette fière princesse dont le thalamum est inaccessible pour tant d'êtres humains, las de mesurer les cent pas à la porte froide, sourde et muette de la fortune, cette autre sulthane méprisante et bizarre dans ses choix, je veux les violenter toutes deux, les terrasser par un croc en jambe suprême ou laisser ma dépouille opime suspendue à leur autel.

Je vais soutenir une thèse condamnée d'avance, car si je réussissais à la prouver, l'empire de l'art, de la poésie et de l'éloquence serait à moi. N'importe, prouvons toujours, essayons de prouver du moins, et il jaillira de ces essais de preuve, quelques étincelles, quelques étranges splendeurs de vérité et de vie ; on sait que la lumière gît aussi éclatante dans les veines d'albâtre du petit caillou ramassé sur la voie, que dans la roche granitique et grandiose des montagnes.

Je viens donc, ô Paris ! te jeter un défi homérique, moi inconnu de toi, moi sauvage et peau-rouge arrivant de ma savane un bâton blanc à la main. Je viens te prouver que tu n'existe pas. Mais, patience, je le prouverai de manière à ce que tu sois content et satisfait, de manière à ne pas te voler ton argent et ton admiration et ton amour.. Ah ! si tu voulais me donner seulement un atome de ces deux derniers trésors, comme je les emporterais précieusement et jalousement dans ma cassette la plus intime!

Plein de foi à toutes les choses belles et saintes, à la religion, à l'autorité, à la France, à l'avenir, je déploierai bien large, bien radieux au vent et au soleil le drapeau de ces croyances: mais plein de sympathie affectueuse pour toutes les opinions sincères, plein d'un tendre amour pour tous les hommes, mes frères tous, tous comme moi les fils d'Hevah la blonde, je me ferai un crime et un remords de blesser qui que ce soit ou quoi que ce soit. L'erreur candide est encore un objet de respect pour moi.

Allons sans plus tarder, mon stylet, fais-moi de Paris une mère et une patrie. Prouve que s'il n'existe pas à la façon dont je veux l'entendre, il existe doublement et triplement pour la béatification de l'art, pour l'assomption de la jeunesse pauvre et qui a langui dans son sein hospitalier, mais qui n'a jamais consenti à s'abandonner à la désespérance, jeunesse vouée à la gloire ou à l'oubli selon le verdict que ce grand fantôme va rendre.

Je l'attends avec confiance, ce verdict, j'attends le mot fatal et définitif que va prononcer sur moi le juge condamné à mort dans mes pages, et ressussité peut-être plus splendide et plus triomphant, après trois jours, ou quelques pages de sépulture.

Mon luth est d'accord, le *sol* je l'ai saisi sur la pénultième corde, entonnons la cantilène.

PARIS N'EXISTE PAS

I

Paris n'existe pas.

Ce grand Paris, capitale du monde, auprès duquel Athènes, Rome, Memphis, Babylone, n'étaient que des bourgades provinciales, ce Paris qui a fait et défait l'univers plusieurs fois, comme on fait et défait une couche; ce Paris rêve de tout homme venant en ce monde, et de tout homme arrivé aux dernières limites du pélerinage vers la tombe; ambition de tout poète, de tout artiste, de tout conquérant: pole nord et sud à la fois de la civilisa-

tion; ce Paris qu'il faut habiter pour être
quelque chose sur cette terre, et hors duquel
il n'y a que des barbares arriérés, ou des
manœuvres occupés à le nourrir, à le vêtir,
à lui déterrer du marbre pour ses palais; ce
Paris par lequel on jure comme par Jupiter
ou par Hercule, dont les idées sont les idées
du globe entier, qui ne souffre pas, cerveau
de ce vaste organisme, âme de ce grand
corps, qui ne souffre pas qu'on pense autrement que lui et qu'on porte d'autres formes
de chapeaux ou d'autres entournures de gilet
que celles éditées par ses modistes ou par ses
coupeurs; ce Paris qu'ont habité les plus
grands hommes du passé et du présent, dans
lequel ont hiverné les tribus les plus étranges
de l'univers, et au foyer duquel tous les enfants de la race adamique se sont assis : exi-
lés ou disciples, voyageurs d'un moment ou
fils adoptifs, visiteurs de ses merveilles ou
quêteurs de ses plaisirs; ce Paris dont pas
une oreille humaine n'a ignoré le vocable, pas

un cœur oublié de désirer la vue et le sourire, ce grand, cet immense, cet éternel Paris n'existe pas.

Il n'existe pas, car ce que vous appelez Paris, n'est point le Paris que nous connaissions, que nous étions habitués à jalouser ou à maudire.

Ce n'est point le vrai Paris, l'original Paris, le Paris que rien ne pouvait contrefaire même la Belgique, ce royaume de la contrefaçon. Il y a mieux, plus les siècles défileront au pas de course, moins ce Paris existera, feindra d'exister, car certes il n'y a plus vestige, même à cette heure, de sa réelle existence.

Un nom seul, relique étincelante ou boueuse, comme on voudra, survit à ce grand décédé, couché de tout son long dans le lit sombre de l'oubli. Et c'est si bien l'oubli que tout le monde croit invinciblement à l'existence de Paris. Il sera pénible d'ébranler, de détruire ce dogme qui trouverait des témoins au dernier sang, des martyrs.

Afin de mieux prouver que Paris n'existe pas, il faut donc bien révéler au siècle présent, complètement oublieux et ignorant de la véritable figure de Lutèce, ce que c'est que ce Paris, ce vrai Paris dont on a tant parlé et qui fait encore, par son nom seul, palpiter tant de poitrines.

Le vrai Paris est naturellement une cité noire, boueuse, maleolens, étriquée dans ses rues étroites comme dans un habit de lycéen, fourmillant d'impasses, de culs-de-sac, d'allées mystérieuses, de labyrinthes qui vous mènent chez le diable ; rejoignant les toits pointus de ses maisons sombres tout près des nuages, et vous jalonsant ainsi le peu d'azur que le ciel du nord veut bien aumôner à la grande capitale.

Dans le vrai Paris, l'étranger ou le provincial s'embarrasse dans des pâtés de logis, larges comme la main, et percés néanmoins de myriades de ruelles, comme les galeries d'une taupinière.

Le vrai Paris souffre des palais, il en est

plein, mais il colle contre ces palais, contre ces Tuileries, contre ce Louvre, contre cet Institut des cités miscrocopiques de bois et de terre glaise, autant vaudrait des huttes de castor, et dans ces campements bariolés il entasse une drue population de marchands d'estampes, de bouquinistes, d'oiseliers, de vendeurs de coquillages, de pâtissiers de Nanterre, de Chevets réduits à la plus simple expression. Il voile les fûts élégants et les sculptures classiques par ces chaumes en plein Paris, et masque d'une façon carnavalesque les lignes de Perrault et de Mansard par des tentures de friperies.

S'il offre à la science, à l'art, à l'étude, des Louvres, comme à la Royauté elle-même, il a soin que ces palazzi soient bien diaprés dans toute la hauteur de leurs murailles d'affiches de toutes les couleurs de l'arc-en-ciel, d'annonces de théâtres, depuis la réclame de la Comédie-Française, cette grande dame, depuis l'Opéra, ce musée momifique des notes d'or, jusqu'à l'infiniment petit Bobino, jusqu'à l'infusoire Folies-Nouvelles.

En a parte, la mignonnerie des formes, la taille enfantine et le séjour en nourrice encore, n'empêchent pas qu'on ait autant d'esprit, parfois, que ses grand'mères, les vieilles scènes, ou ses grands-pères, les vieux tréteaux.

Il a donc bien soin, frileux personnage, peau de pierre aussi douillette que la peau de satin d'une jolie femme, qu'on fasse à ses murailles un habillement de papier vert, jaune et rouge, pareil pour la mollesse et le confort à l'habillement de papier gris de Cadet Roussel.

S'il consent à se faire bâtir dans le faubourg Saint-Honoré, dans la Chaussée-d'Antin, dans le quartier Tivoli, dans le *rione* Notre-Dame-de-Lorette, dans le faubourg Saint-Germain, de somptueuses rues, villes habitables par des têtes couronnées et de l'enceinte desquelles devrait être proscrit impitoyablement tout homme qui n'est tout au plus qu'altesse sérénissime, le bizarre Paris veille bien vite à ce que ces impériales constructions soient estompées par la boutique d'une crémière ou l'étal odorant d'une marchande des quatre saisons.

Ce coup de repoussoir se remarque plus rarement dans l'aristocratique faubourg de Varennes et du Cherche-Midi.

Le vrai Paris aime à loger la misère à côté de l'opulence, sans aucun souci de la transition littéraire. Il ne ménagera aucune déteinte et pas la moindre dégradation entre les hôtels splendides du noble faubourg et les masures gigantesques du pandæmonium St-Marceau. On passera des fils des croisés aux fils de la loque, des ducs et pairs de la vieille Monarchie aux émérites nocturnes de la hotte et du chiffon. Sans ligne de démarcation, ici les représentants ambrés, musqués, aquilins des siècles élégants et chevaleresques, là les quêteurs pâles, violets, fétides, camus de la guenille dans la boue, de l'immonde débris échappé au tombelier.

Mains blanches et fines, par ici, mains nerveuses et solides pour l'épée cependant ; par là mains rongées par l'acarus, mains souillées par le petit bleu, mais jamais par le vol ou l'improbité.

Et chose singulière et touchante il s'est passé bien des révolutions dans ce grand et fatal Paris, bien des menaces ont retenti stridentes — je ne parle pas de la grande, de la première Révolution, tout exceptionnelle et où le peuple fut soudainement, avant de se reconnaître, exploité par les sophistes de la rébellion ; — bien des insultes ont été comme de la fange, lancées vers les hautes régions, et jamais le chiffonnier, qui tous les matins processionne dans le faubourg St-Germain, n'a fait entendre la malédiction ou la promesse sinistre contre son voisin le gentilhomme.

Il aurait pu facilement, lui le dernier et le plus malheureux de la tribu plébéienne, satisfaire des instincts d'envie et de vengeance, de pillage et de brutalité dans ces palais ouverts, sur cette nobiliaire cité paisible et sans armes. Il n'en a jamais conçu la pensée, au contraire. Il se serait fait le protecteur, lui si petit de ces grands réduits à trembler. Ses haillons eussent sauvé ces blasons et cet or.

Et pourquoi cela?

Parce que la noblesse, casematée silencieuse dans ces claustrales rues comme dans un immense et splendide monastère de paix et de refuge, sait mieux que personne condescendre aux souffrances populaires. Chrétienne, elle n'ignore pas que dans ces huttes prochaines sont des frères à elle, des frères qu'il faut secourir. Tous les jours la charité, véritable conquête de nos jours apaisés, va trouver inventive et délicate, et prendre au trébuchet de l'amour, ce pionnier de la bourbe, méprisé ailleurs comme un lépreux.

Le vrai Paris est plein de cours des miracles, réceptacles à trois centimes la nuit d'êtres impossibles et de fantasmagories humaines à faire damner les plus roués diplomates de la rue de Jérusalem. Là dans un nuage de vapeur ammonicale, épaissie comme un nuage, et dans des couches qui n'ont pas été refaites depuis la création du monde, reposent côte à côte des centaines, des milliers de banquistes, de marchands d'allumettes, de joueurs d'accordéon, de bossus, d'aveugles, de boiteux, de nains, de culs-de-jatte, de nez dévorés dans une querelle, d'hommes caoutchouc, de clowns sur le retour, d'avaleurs de sabres, de jongleurs qui portent un mât de cocagne sur le bout des dents, comme vous et moi une méringue à la crême.

Enfants à quatre jambes, géants basques ou autres, Tom Pouce à la vingtième édition, personnages végétaux dont la main ou le bras est le terrain d'un arbre verdoyant et poussant chaque année avec tout son luxe de branches et de feuilles ; squelettes vivants, transparents humains de la lumière, échappés tout vifs de la tombe, revenants réels et dont la faible voix peut se faire entendre à l'oreille attentive; frères siamois liés pour l'éternité par un poumon mitoyen; albinos; orangs à intelligence humaine; monstres qui parlent français; démons sans cornes à l'accent parisien; tous ces prodiges s'encaquent dans ces boites infectes.

Le vrai Paris est peuplé sur l'une de ses rives d'un monde d'étudiants, avenir de toutes les patries européennes, fous de liberté, ivres du vin capiteux de la science, ambitieux tous d'une royauté qui ne peut se fractionner pourtant en quarante mille parcelles, toujours prêts à se faire les généraux et les sergents de l'insurrection, les ingénieurs de la barricade. Comme tête de file de cette émeute intelligente et organisée, il est sur la cime de la montagne Ste-Geneviève, Parnasse du triangle et de l'hypoténuse, une école polytechnique, munie de sabres et de fusils, fermés à clefs ces derniers, mais dont on a bien vite enfoncé l'arsenal, munis de belles paroles et de roses visages, pour servir d'officiers, d'orateurs et de syrènes à la révolte.

Le vrai Paris a mieux encore. Il possède un immense faubourg St-Antoine pavé de meubles d'acajou, d'ouvriers en bourgeron, de grosses pierres de grès, de piques échappées à Thermidor et de haines féroces. Pour flanquer ce camp toujours prêt de la Révolution, il est d'un côté le faubourg du Temple et le quartier du même nom, monastère d'abord d'un ordre vaillant et plein de mystères, dont les saintetés et les bravoures s'éteignirent peut-être en monstruosités héliogabalesques et diaboliques ; plus tard geôle et Gethsémani du Roi-Martyr, hostie résignée des populaires égarements. Plus loin, le faubourg St-Martin et le carré du même vocable, casernes immenses, rangées interminables de sombres cellules où attendent l'arme au bras les cent mille chevaliers de la rébellion. Par les ponts de la Cité, autre bivouac plébéien, le vaste faubourg

Antoine se relie au quartier Saint-Victor, au faubourg Saint-Marceau, au faubourg Saint-Jacques, au quartier latin surtout, contingent toujours au guet.

Il est de bon goût dans ce Paris des mains calleuses et des voix de rogomme de toujours dire comme aux beaux jours de l'an III et de l'an IV : le faubourg Denis, le faubourg Martin, la rue Honoré. Les saints n'ont pas droit de bourgeoisie dans cette cité, dont le seul dieu ou la seule déesse est une Liberté musculeuse, drapée à l'antique dans une chlamyde de pourpre, le pied, un peu long et un peu large, chaussé dans un cothurne de pourpre et la main puissante appuyée sur la pique d'un fédéré.

Et c'est pourtant la même ville qui organisa la Ligue, dernière croisade des catholiques croyances ; la même qui refusa si longtemps d'ouvrir ses portes au meilleur et au plus affable des rois : Henri de Béarn. Plutôt que de se rendre et de courber la tête sous le sceptre d'un monarque huguenot, elle préféra succomber par milliers d'hommes, à la peste, à la fièvre, à la faim; manger du cuir, du papier, des rats, des crapauds, des serpents, des monstres, des immondices, tout ce qui peut s'introduire dans le canal humain; elle préféra dévorer ses morts et ses enfants, nouveau Saturne et nouvelle Médée; elle préféra ne laisser à ce sectateur de Calvin qu'un squelette de municipe, des murailles blafardes et veuves de tout soldat, un cimetière privé même de tombes et de cercueils. Bien plus encore, elle si française, si nationale, si patriotique toujours, elle avait mieux aimé se livrer à l'étranger et à l'ambitieux : à l'Espagnol, aux Guises, que d'aller passer sous les fourches du fils de saint Louis, échappé de la bergerie romaine.

Elle ne fut sauvée de ses derniers trépas et de ses suprêmes trahisons que par le retour à la foi catholique du dernier Capétien.

A peine un siècle et demi en çà et les Parisiens, toujours croyants enthousiastes, couvraient de boue et de menaçantes clameurs le carrosse du Régent, peu respectueux dans ses plaisirs et ses chasses des observances dominicales.

Que les temps sont changés !

Et que la magique voix de Talma aurait de droit à prononcer cette racinienne exclamation sur la première de nos scènes !

Ne confondons pas, et restons toujours sur le terrain du vrai Paris.

C'est encore une capitale du comfort et du bon goût, gastronomique autant que littéraire; là on consomme tous les jours avec une délicate science les pêches de Montreuil, les abricots de Livry, les chasselas de Fontainebleau, les huitres de Cancale, les haricots de Soissons, les poulardes de la Bresse, les chapons du Mans, les sangliers des Ardennes, le beurre de Normandie, le vin d'Aï et de Chambertin. Et on se contente de ces sacramentelles gourmandises, on ne va pas plus loin, on trouve que le rayon de Paris est un écrin assez riche; Véfour et Chevet trouvent dans cette Californie restreinte assez d'or et assez de bank-notes.

Trouverait-on d'ailleurs dans le Midi tant vanté, des régimes de pêches aussi savoureux et aussi riches que les opulents espaliers de Montreuil; trouverait-on beaucoup, dans la Provence, le Languedoc et la Guienne, de menu fretin, de rebut piqué d'une imperceptible tache, à donner à quinze sous la pièce pour les menus-plaisirs du populaire. Trouverait-on un village, non, un placer dans les gasconnes régions, dont un seul jardinet pût fournir en trois minutes pour une princière collation cinq à six milles pêches comme on donne un sou à un pauvre.

Le vrai Paris est si long, si léger et si distrait qu'il est tout surpris, en penchant sa tête de la Villelévêque et du Roule vers ses pieds du Marais et de la rue Saint-Antoine de se découvrir quelquefois de magnifiques palais du temps des Valois, d'Henri IV et de Louis XIII, conservés frais et délicatement sculptés comme si on les avait mis sous verre ou empaillés. De la rue Tronchet et de la rue Neuve des Mathurins aux demeures bien splendides et bien carrées, il se fait chez lui-même un voyage de Colomb, en parcourant ces voies étranges et ces parvis inconnus, illuminés il y a si peu de siècles par tant de bougies roses, de brasiers de feu et de fleurs, de sourires étincelants et aristocratiques, de beautés royales, de causeries comme on n'en fait plus : émaillées de fines et fières réparties, de classiques enthousiasmes pour le Corneille et le Bourdaloue, d'audacieuses licences de propos et de récits.

Ces hôtels somptueux, où se pressait la fashion de Louis XIII et de Louis XIV, servent parfois à cette heure, de cour d'honneur pour un vulgaire roulage ou de salle de pensums pour les bambins d'une institution.

De son quartier St-Denis et de sa rue des

Lombards, il ne se soupçonne pas un Chaillot à si peu de kilomètres, un Gros-Caillou séparé de lui par un si mince filet d'eau.

Lui parler du Canada de Popincourt et de l'Australie du clos St-Lazare à lui citoyen de la rue du Bac ou des Petits-Pères, c'est lui parler un hiéroglyphe que Champollion n'entendrait pas, un hébreu que les rabbins les plus savants de Francfort et de Metz seraient impuissants à deviner.

Mais il est dix mille et une fois plus ignorant, plus naïf ou plus sceptique à l'endroit de sa banlieue, dans le sein de laquelle il va pourtant chaque dimanche s'enivrer du nectar d'Argenteuil et bondir des redowas excessivement peu slaves. Bagnolet lui est totalement inconnu, Bagneux ne lui appert que par la chanson des *Fraises*, testament léger et parfumé d'Adolphe Adam; Romainville, il y a déjeûné sans le savoir; Villejuif est à cent mille lieues de ses idées et de ses connaissances; Meudon, tout au plus a-t-il lu dans un

indicateur parisien, vendu 10 c. sur le boulevard, que ce pays-là renferme un beau château, et que lui font à lui les châteaux ! Issy,
fi donc, le prenez-vous pour un séminariste ;
Aubervilliers, lui feriez-vous l'injure de le
prendre pour un caporal ; Sceaux, il n'a que
faire des souvenirs de la gentille duchesse du
Maine et de sa petite cour lettrée ; St-Denis,
on lui a dit vaguement autrefois que dans
cette crypte majestueuse sont ensevelis les
restes de ces monarques qui ont fait la France
ce qu'elle est, la maîtresse des peuples, mais
peu lui importent les cendres royales et les
historiques souvenirs, savez-vous si la volaille
a baissé au marché de la Vallée, si le beurre
est frais arrivé de Dieppe ou d'Yvetot, si l'on
répare les conduits de gaz dans la rue Neuve-
des-Petits-Champs, voilà tout ce qu'il désire
savoir.

Quant à cette banlieue élargie qu'on appelle
la France, à cette banlieue plus élargie encore
qu'on appelle l'Europe, à cette banlieue à la

troisième puissance qu'on appelle le monde, il n'en sait pas le premier mot. Où est la Bretagne? où est la Provence? dans quels flots bleus se mirent les blonds paysages de l'Alsace? *nescio vos*, et qu'est-ce que cela me fait ! Comment fait-on croître cet épi d'or, placer de nos guérets, qui pour toi, ô Paris! se changera en vie et en avenir, car si l'on te refusait ce tribut, si nos provinces dédaignées se refusaient désormais à se faire tes nourrices, ô poupon grandiose et éternel, et toujours capricieux comme un marmot en bourrelet, on pourrait te creuser dès ce soir une immense fosse au Père-Lachaise et t'y coucher dedans, sans prêtre et sans croix, mioche voltairien que tu es. Il est vrai qu'on pourrait dénoncer en même temps à l'univers la lettre de faire-part du décès de la civilisation, de l'art, de l'industrie, de l'humanité. Il n'y aurait plus d'hommes, il faudrait renoncer à appeler de ce beau nom les orangs nus et repus de glands dont les chesnaies vierges seraient l'asile pour jamais, et qui les jours de fête, pour leur gala, se hasarderaient à chasser le lézard sur les ruines de marbre de Lutèce ou de Lugdunum.

Tu ne sais donc pas, ô Paris! comment pousse sur la tête de Cérès, sa belle chevelure blonde, plus blonde et plus épaisse et plus soyeuse certes que toutes les crinières d'or des archiduchesses, des grandes-duchesses et des landgravines, et que les boucles sans nombre des nymphes septentrionales, groupées en bas-reliefs vivants dans les grottes du Danube ou du Rhin. Tu ne le sais pas et tu t'en flattes, ingrat!

Sais-tu au moins les transformations subies par le fruit empourpré de la vigne, suspendu d'abord en rivière d'améthystes au col noueux du bachique arbuste, pour devenir la liqueur étrange, où tu vas cueillir, prince ou prolétaire, l'ivresse comme une fleur. Non, ma foi, je n'en sais rien et ne le veux jamais savoir.

Tu as raison, va, car si tu le savais, plus jamais tu n'en boirais, et les sophistications sans nombre, et la vendange tout entière faite sur l'arbre tinctorial des rives mexicaines, et l'absence complète de tout vinicole produit, et les grossières manipulations, je dis manipulations par politesse, opérées par le vigneron burgunde ou aquitain, donneraient à tes lèvres de grand seigneur une éternelle répugnance pour cette ambroisie prétendue qui ne vaut pas l'eau de cristal filtrant en gouttes pures et diamantées aux veines de la roche.

Le Paris authentique ne conçoit que des proportions restreintes. Un Océan trois fois large comme la portion de globe terrestre sur laquelle l'homme peut poser le pied, l'é-tonnerait et le laisserait incrédule. Les seules savanes qu'il comprenne sont la rue de la Paix, et tout au plus les bas-côtés du boulevard des Italiens et du rempart Bonne-Nouvelle avec leurs arbres de Nüremberg et leurs lucioles en becs de gaz. Les mystères des bois, des prairies, des eaux, de l'épine en fleur, des landes, des solitudes, de la nuit sans théâtres et sans tabagies, avec la lune et les étoiles pour tout lustre et le rossignol pour toute Alboni, lui sont lettre morte et fable étrange. Les sauvageries des roches et des chemins creux, les clameurs sourdes de la clairière, les fantastiques silhouettes du coteau, de la gorge et du précipice, aux heures du soir, lui seraient moins belles que les décors de l'Opéra et les machines de la salle Favart. Donnez-lui le *Fils de la Nuit, l'Enfant prodigue* ou *le Radeau de la Méduse*, et il mettra au panier vos flots orageux, vos tempêtes de bon aloi, dont les rugissements de Léviathan forment l'orchestre, votre cataracte de Niagara autour de laquelle il serait difficile de disposer des banquettes en velours à clous dorés. Vous aurez beau lui proposer de venir voir les grands bœufs, le coutre d'acier coupant le sillon, les neiges de pourpre à l'ombre desquelles s'épanouissent les corolles de marbre de Bagnères et de Barèges, les torrents alpestres, gerbes d'argent épandues des hautes cimes ; les cratères éteints de l'Auvergne, immenses calices où se mixtionne l'arome des fleurs, au lieu de s'activer la flamme dévorante,—quelquefois ce sont des lacs, dormant limpides dans les entrailles du volcan, et non plus de larges tapis de fleurs éclos sur la lave apaisée ; — il vous répondra par un gigantesque pan de nez. Ce n'est pas la nature qu'il lui faut, c'est beaucoup d'hommes, et quels hommes encore! c'est la foule. Il serait perdu dans ces grandeurs vagues et solitaires ; l'espace pour lui ne doit pas avoir deux centimètres de plus que la largeur de voie fixée par Messieurs de la Commission municipale. Le soleil et l'azur tomberaient en larges nappes sur sa tête, chauve de bonne heure, qu'il pétitionnerait pour le retrait de ces deux institutions et organiserait des banquets réformistes contre Phœbus Apollo et Uranus au bleu regard.

Le vrai Paris est très-épris de sa puissance civilisatrice et politique, il se croit une vaste capacité électorale, une vocation de garde national aussi naturelle et aussi illustre que le titre si noble et si mérité dans les plis simples duquel mourut La Tour d'Auvergne-Kerbauffret : Premier Grenadier de France. Mais avec cette estime prodigieuse pour sa petite personne, il est très-naïf et il n'est pas difficile de lui en faire accroire. On l'a exploité sur toute la ligne depuis qu'il n'était qu'un peu de boue sur un banc de sable de la Seine : *lutetia*, jusqu'au jour où il ne sut que faire de son million d'hommes et se vit obligé d'en manger une partie pour laisser vivre l'autre.

On l'a fait se battre à coups de caillou et à coups de mousquet pour des fanfaronnades féodales, pour de mauvais sonnets rejetés de Vadius à Trissotin et de Trissotin à Vadius, pour des perruques parlementaires mal peignées; plus anciennement, pour des bouchers qui redoutaient déjà le bulletin et la taxe ; plus tard, pour des intrigants du sang royal et des avocats furieux de n'être jamais qu'avocats et de ne jamais devenir rois de France et de Navarre. Après s'être fait tuer, bourgeois ou manant, pour la corporation des écorcheurs de bêtes, pour le cardinal de Retz, assez peu soucieux de son archevêché de Corinthe : pour la guirlande de Julie et l'hôtel de Rambouillet où il n'avait que faire, lui citoyen de la place Maubert ou de la rue de la Cossonnerie ; pour les procureurs au Châtelet émancipés, et le marquis de Mirabeau mécontent du régime culinaire de Pierre-Encise et du château royal de Vincennes où on lui fit l'honneur de le loger si longtemps : après avoir payé de sa faim et de son sang les ruineuses fantaisies de MM. du Comité de salut public, il s'est retrouvé, il est retombé sur ses pieds Gros-Jean comme devant, et il faisait en 1814 la haie pour voir passer l'empereur Alexandre et la procession de Kalmouks dont la tête arrivait déjà dans la rue

Royale que la queue se déployait encore sur les hauteurs de Belleville. Et il eut la bonhomie d'applaudir ces uniformes brillants, quels uniformes n'a-t-il pas applaudis ! et de dire : Ma foi, empereur Alexandre ou tout autre, on dînera ce soir, et on ira après au théâtre Feydeau ou au Vaudeville. Le raisonnement était parfait, et il eût dû en rester là; mais non, il lui prit encore fantaisie d'essayer son revolver de chasse contre la Garde Royale sans cartouches, en juillet 1830. Le lendemain on mit au pain sec cet écolier turbulent, dont on avait besoin la veille, mais qui voulait raisonner contre son nouveau pédagogue. Pauvre et véritable Paris, on fait de toi un instrument docile, mais ne t'avises pas de venir le lendemain de la curée demander ton reste, on te mettrait aux arrêts à Sainte-Pélagie ou à la Force. Il continua, corrigé, à monter sa garde à Neuilly ou au pavillon Marsan, énormément fier du bonnet à poil qui couvrait sa tête; fit galerie à toutes les émeutes de club dont Louis-Philippe eut raison avec de bonne artillerie, se laissa aller à chasser, et sans le vouloir d'abord, le maître d'école qu'il avait proclamé quelques années en çà et de la férule radoteuse duquel il était ennuyé. Il n'avait pas perdu au change; peu de jours après on le lui fit bien voir. D'énergiques échappés de prisons d'État, qui avaient hâte d'y rentrer au plus vite, l'avaient imposé au régime de la peur, et Dieu sait s'il est peureux : il fallut en finir par une batterie générale; les ateliers nationaux payèrent les pots cassés, de leur sang et de leur exil; on s'embrassa et tout fut dit.

On n'aurait jamais dû commencer d'abord.

Paris enfin, le véritable Paris prend les vaudevilles pour des opéras-comiques, les marrons de la Bourse pour des banquiers, les hommes de lettres pour des grands hommes, les chats pour des lapins et les rois constitutionnels pour des rois.

Laissons un moment le vrai Paris, et pre-

nons le faux, l'actuel. celui qui se croit bé-
névolement ce nom, et qui n'est qu'un grand
usurpateur de titre, passible de la commission
du sceau.

Ce faux Paris est plein d'air et de soleil : il
les fait circuler à flots dans ses larges corsi
plus réguliers, encadrés de plus de palais ma-
jestueux que le véritable Corso, que le Corso
de Rome. St-Pétersbourg et Berlin jouissaient
d'une réputation magnifique comme cités
coupées à angles droits et ne s'avisant jamais
de dépasser le cordeau de l'architecte. Le faux
Paris a détrôné la ville de Pierre le Grand et
du grand Frédérik; Paris l'usurpateur a détrôné même Versailles.

Les transitions sont ménagées dans le faux
Paris, avec un art ignoré même des profes-
seurs de littérature à tant le cachet et des
écrivains classiques. Du faubourg Saint-Germain, fût-on marquise ou duchesse, et chaus-
sât-on ses pieds de mandarine ou d'almée
dans la pantoufle de Cendrillon et les talons

rouges de la Régence, on peut se permettre de hasarder un pédestre voyage sur les trottoirs du faubourg Saint-Jacques et du faubourg Saint-Marceau. La rue Pascal, tracée dans ce dernier *rione*, ouvre aux nègres du crochet, des horizons d'Italie, un boulevard de Gand bordé de maisons dorées économiques, de Tortoni où l'on peut se donner les joies de l'existence moyennant quelques centimes, de cafés Riche indigents, de marchandes de modes où la rose chiffonnière de dix-huit ans peut trouver encore de quoi parer ses haillons. car elle est fille d'Hevah la blonde comme la vicomtesse, sa voisine; toutes deux aiment à plaire. toutes deux parfument un logis et un double avenir.

On a bien fait de donner pour patron à cette rue de la Paix du quartier Mouffetard, le nom du plus grand penseur que l'humanité ait produit avec l'Aquinate. A quelques pas de là, deux siècles à peine passés, le philosophe janséniste, usé par un regard continu dans

l'éblouissant foyer des mystères chrétiens,
s'éteignait anxieux au pied de la croix. Il s'at-
tachait de toute son ardeur à cet arbre de salut dont les fruits ont guéri si souvent l'épi-
démique effet de ceux de l'arbre de la science.
Il retrouvait dans l'ignorance sublime de la
foi, la paix et l'espoir, dont les recherches de
l'esprit humain ne procurent pas un atome.
Dans le gibet d'un Dieu anéanti, la vérité qui
fuit, la gloire qui s'attache ici-bas à tant de
choses trompeuses, lui apparaissaient écla-
tantes et sûres. A la caresse mystérieuse de ce
bois sanglant, au baiser imprimé par ses lèvres desséchées sur cette plaie du Sauveur,
toujours ouverte et bénigne, il sentait peu à
peu ses doutes se dissiper, ses ténébreux pensers prendre leur vol comme un essaim d'oiseaux nocturnes. Certes convenait-il de bap-
tiser de son nom glorieux et chrétien, l'une
des plus royales voies qui s'élevaient au sein
de la misère et du matérialisme plébéien,
protestation consolatrice, témoignage du gé-

nie et de la foi, contre les désespoirs et les souffrances sans avenir auxquels la bête humaine s'habituerait, comme la haridelle à tourner sa roue.

Dans le faux Paris, on ne donne plus, on ne donne pas aux palais et aux monuments. licence de se compromettre dans la compagnie de toutes sortes de baraques, de masures, de friperies, d'oiseleries, de cabarets à estampes, de bouges à vieux livres, de bauges à lapins et à saltimbanques ; de se masquer les chapiteaux, les archivoltes, les bas-reliefs par des villages de bois et de toile goudronnée, hameaux imperceptibles, où la vie et la mort se font comme dans la chaussée d'Antin et sur le boulevard Montmartre. On ne permet pas aux grandioses édifices de s'encanailler de la compagnie des cahutes de basse extraction, de s'encoquiner des petites gens.

On a l'agrément de posséder un Louvre et des Tuileries, dont pas un détail ne peut échapper au dessinateur et au provincial ; un Louvre et des Tuileries, enlacés déjà depuis Louis le Grand par la galerie des bords de la Seine, mais qui se cherchaient en vain du côté des Feuillants et du Palais-Royal, depuis deux siècles. A l'heure qu'il est ils ne forment plus qu'un seul palais, dont la cour, immense savane plantée de becs de gaz au lieu de bananiers, pourrait servir d'enceinte à une grande ville, de forum aux congrès de tous les peuples, de vallée de Josaphat à la race adamique, tout entière convoquée et grelottant nerveuse dans l'attente de son jugement définitif.

L'isolement qui donne aux œuvres d'art, aux œuvres d'architecture surtout, toute leur vue et toute leur grâce, s'applique à tous les monuments de Lutèce. Notre-Dame, cette encyclopédie de l'art gothique, laisse voir sa châsse noire dégagée de toutes les moississures de pierre que les générations y avaient fait pousser. La Sainte-Chapelle, solitairement casematée dans sa cour du palais judiciaire, ou-

vre ses yeux immenses taillés en ogive dans
toute la largeur de ses murailles de carton,
bonbonnière où le maçon a peu travaillé,
sans qu'aucun parasite de pierre vienne obs-
truer leurs regards de pourpre et d'or, sans
qu'aucun indiscret logis posté à ses vitres
vienne arrêter les rayons de ses figurines en-
luminées et de ses fleurs de lys sur champ
d'azur.

Les compagnies d'assurances, les tontines,
les théâtres, les entreprises de vidange ino-
dore et de cirage durophane, les études de
notaires et d'avoués, les restaurants plus ou
moins Flicoteaux ou Viot, les magnétiseurs
plus ou moins Home et les somnambules plus
ou moins lucides, ne jouissent aucunement du
droit d'habiller en arlequins nos monuments
historiques, officiels ou scientifiques. On leur
concède les obélisques timides des boulevards, les murailles où s'adosse la veste de
velours bleu du Savoyard, le portique où s'a-
brite le four à marrons du charbonnier ar-

verne, l'ionique vieilli auquel s'enguirlandent les grappes dorées de volatiles du rôtisseur en plein vent.

Les halles sont des palais comme la demeure des césars. Le faux Paris a le droit de choisir les mets qui conviennent à son estomac de sulthan blasé, sous des dômes de marbre et dans des parvis aux lignes grecques.

Si ces palazzi de la marée et de la chair fraîche ne lui agréent pas, à l'instant le marteau en a fait justice, et de nouveaux portiques plus grandioses, mieux fendus, en tamis d'air et de lumière, éclosent du sol du soir au lendemain. On a bien soin, du reste, que la fontaine des Innocents, ce petit chef-d'œuvre, soit bien dégagée du fouillis d'herbages et d'arêtes qui la déshonore dans le vrai Paris, et des marchandes en tartan sale qui la prosaïsaient de leurs légumes et de leur propos à la Panard.

Qu'on veuille faire un voyage de circumnavigation dans le Paris aristocratique et élégant, ou une promenade rapide dans le Paris populaire, on a coupées devant soi sans aucune lésinerie de façon, d'amples chaussées où vingt chars de guerre pourraient, de front. prendre l'élan, de véritables via Appia ou Flaminia en plein Paris et en pleine foule. C'est en deux lieues d'étendue, un boulevard toujours encadré de monumentales demeures ; c'est dans la ville ouvrière et tumultueuse, la rue Rambuteau ; le boulevard central ; la rue de Rivoli, arcade sans fin illuminée tous les soirs comme pour une fête éternelle, place vaticane non circulaire, place Royale dévidée en longueur dans toute la longueur de Paris ; c'est l'immense ligne de boulevards extérieurs, ceignant la grande capitale, de la ceinture de Vénus des blanches villas, des guinguettes toujours en fleur et toujours en danse ; des caravansérails de Rampouneau, tiré à cent éditions, festins perpétuels du pauvre et de l'artisan, tueries de Gargantua, où s'immolent à chaque aurore des centaines de veaux,

— le veau est l'animal chéri des Parisiens, —
des escadrons de bœufs, des myriades de
poules et de dindons, des armées de porcs,
accourus de toutes les mares de la Lorraine
et de toutes les fermes de la Neustrie.

Mais l'air, le soleil, l'azur ne sont qu'une
secondaire préoccupation du faux Paris; au
lieu des ruelles sombres où poussait pour toute
fleur la fange, où s'épanouissait pour tout
parterre l'égoût, c'est une campagne dans le
carrefour, une campagne de bon aloi, et non
plus une campagne de papier peint comme à
la salle Le Pelletier. On y repose doucement
son regard sur d'authentique verdure, on s'y
enivre du parfum de véritables fleurs......
Le vrai Paris en était réduit aux aromes de la
boutique de Guéland et du bazar de Guerlain.
Convenons d'une chose. Il possédait d'immenses squares lui aussi : le Jardin-des-
Plantes, les Champs-Élysées, le jardin du
Luxembourg, celui des Tuileries, le Père-
Lachaise, cette promenade des ombres;

mais tous ces squares étaient hors ville, hors
de la portée de ses infirmes et de ses travailleurs voués à la glèbe ; de ses employés con-
damnés à la détention et à la courbature à
perpétuité ; de ses bambins qui n'ont pas de
bonne pour les mener sous les marronniers
du royal logis ; de ses ménagères qui n'ont ni
fêtes, ni dimanches pour aller voir Guignolé
ou l'homme aux anneaux. A cette heure, le
faux Paris n'est qu'un immense Eden, peuplé de cinq cent mille Èves, de beaucoup plus
de fontaines jaillissantes que le Paradis terrestre, de feuillages exotiques, de paysages
tropicaux dans les interstices des pavés, de
sergents de ville fort aimables et qui ressem-
blent de très-loin à l'ange terrible à l'épée
duquel Jéhovah avait confié la garde du jar-
din-proscrit. Les maisons ne s'y rencontrent
qu'à l'état d'accident. Ce qui dans le vrai Paris
est l'essence, le tout, n'est que l'accessoire,
l'étrangeté dans le faux.

Aussi la santé des pseudo-Parisiens est-

elle florissante à l'égal de la rubiconde plé-
thore des métayers du Calvados ou de l'Eure ;
leur figure s'épanouit-elle réjouie comme la
fraîche trogne des vignerons de l'Yonne.

On sait comment dans le vrai Paris, l'homme
est réduit à sa plus simple expression, ossifié,
pâli, jauni, bleui, d'œil terne et cerclé.

Le faux Paris ne peut guère manquer d'ailleurs d'être aéré, de se créer des villégiatures
en pleine rue et en plein tourbillon des affaires. Au lieu de s'encaquer dans des boîtes
de pierre où végétaient pressés des milliers
d'anchois humains, il s'est égaillé, il s'est
éparpillé en plein air, dans l'espace, à l'aventure, sans ménager l'espace, de droite, de
gauche, au Nord, au Sud, partout.

Il est grand à cette heure, à faire walser
dans son enceinte Babylone au bras de Memphis, redower Londres dans l'étreinte de Pe-
king. Il allonge sa taille tous les jours, il
prend du ventre à chaque instant. Un de ces
quatre matins, la France réveillée, tombera de

son haut en se voyant emprisonnée dans l'enceinte de Lutèce, dont elle ne formera qu'un trivium ; et les employés de l'octroi, postés désormais à Saint-Jean-de-Luz et au pont de Kehl, trouveront la baraque en planches dont on leur aura fait un bureau provisoire, infiniment moins commode que les péristyles microscopiques de Ledoux.

Le lendemain l'Italie, l'Espagne, le Danemark et la Russie seront incorporés par décret au municipe parisien ; trois jours après les barrières seront reculées jusqu'à la Nouvelle-Zemble et à la Terre des Papouas. Paris sera le monde, et l'univers sera Paris. Les savanes et les pampas, et la Forêt-Noire ne seront que les squares de cette Lutèce agrandie ; les Alpes, les Pyrénées, les Andes, les Himálaya seront la montagne Sainte-Geneviève et les montagnes-russes de cette incommensurable cité, monticules de plaisir, d'étude ou de retraite.

Ce n'est rien encore, Paris montera sur les

nues, escaladera les cieux des cieux, se fera
des faubourgs des planètes et des étoiles,
réalisera la tour de Babel, grimpera audacieuse
à travers les constellations et les mondes jusqu'à Dieu, et là ravie, éblouie jusque dans ses
ossements par la lumière de gloire où nage la
divinité incommunicable; enamourée par l'in-
dicible grâce et l'inénarrable beauté de l'Être
Infini, s'arrêtera dans ses hardiesses de Léviathan, adorera, bénira, aimera.

Pour marier l'une de ses rives à l'autre le
faux Paris a cent ponts de marbre et de fer
sur lesquels tout le monde peut passer comme
sur la grand'route du Bon Dieu et de l'Empereur, sans payer de droit. Le vrai Paris,
lui, possède pour tout potage, le Pont-
Neuf déjà cacochyme et qui réclame des
réparations, et quelques autres carcasses de
ponts tous rayonnant vers la Cité, comme si
cet îlot étroit avait l'honneur d'être Paris à lui
seul. Sur ces bacs permanents il est permis
de s'aventurer au moyen de deux sols parisis.

Aussi le manant reste claquemuré sur sa rive natale, comme le peau-rouge sans pirogue dans ses hautes herbes du Meschachebé, ne pouvant jamais explorer les lianes et les sassafras de l'autre bord. Vous me direz qu'il est peu de sauvages sans pirogue, et j'en conviendrai ; il est au contraire beaucoup de peaux-rouges du prolétariat parisien, chez lesquels la pièce d'or ou même le sol parisis est un rare oiseau, *rara avis,* et une denrée plus introuvable que la fameuse *chambre introuvable* de 1816. Le jour des révolutions seulement l'indigène de la rive gauche vient rendre visite aux tribus de la rive droite, non plus un arc mais un revolver à la main, et voir, courtisan dont on se passerait, comment on se porte aux Tuileries.

Dans le faux Paris, on ne redoute pas ces visites sinistres. Un pouvoir énergique et respecté maintient l'abondance, la paix, la gratuité partout où elle est permise ; un respect salutaire, et qu'il faut inspirer aux grands en-

fants du peuple, toujours prêts à se familia-
riser avec le gouvernement, à le tutoyer, à lui
prétendre qu'ils ont joué ensemble dans le
Pré-aux-Clercs, ou dansé de compagnie sous
les treilles de la Courtille. Si la plèbe des faubourgs s'avisait un beau matin de venir demander un bulletin de la santé des hôtes césa-
riens, elle serait bien et dûment reçue par
cinquante mille hommes de garde impériale,
bien munis de cartouches cette fois.

Cette populaire caste n'en éprouve pas
même d'ailleurs la velléité. Le pouvoir tuté-
laire qu'elle a accepté, n'est pas seulement
fort, il est humain. Comprenant avec le sens
évangélique que ces bassesses, ces haillons et
ce travail cachent aussi bien que le diadême
et la pourpre, la royauté inaliénable de l'homme, il fait tout, suivant en cela l'exemple si
noble et si fécond de nos anciens Rois, pour
élever, purifier, soulager, rendre heureux.

Le royal cœur qui nous gouverne, bien digne de la haute fortune qu'il a conquise à la

pointe de son génie et de sa persévérance, éprouve une pitié sincère pour les souffrances du peuple, et il a réalisé déjà des progrès et des améliorations, rêvés seulement dans les livres, et qu'on reléguait dans les douteux paysages d'Utopie. Cette majesté sereine et utile, remplit, suivant sa vocation étrange mais toujours espérée à travers les défaites et les donjons de captivité, remplit sans fanfaronnade le rôle de vicaire de Dieu ; lieutenant de cette Puissance bienfaitrice qui a fait et conserve le monde, le troisième monarque de l'augustale race improvisée par le destin sur le trône impérial d'Occident, ne régit pas seulement ce beau pays de France que tant regrettait l'infortunée Marie Stuart, il étend son sceptre de protection sur le monde, élargissant par la paix, l'ordre et le bonheur des peuples dont il est le médiateur, les bornes de son empire jusqu'à ces colonnes mystérieuses qu'avait rêvées le premier Napoléon.

Je ne suis pas impérialiste, ma pensée est

à d'autres formes et mes affections à d'autres
césars, mais je confesserai avec amour que
cet homme prodigieux était nécessaire pour
remettre l'Europe dans ses gonds. Avec les
moyens termes et les parlementaires formalités
qui n'en finissent plus, nous serions descen-
dus tout doucettement dans l'abime, et peut-
être à l'heure qu'il est la bataille sanglante
livrée entre les fils d'Hevah ne serait pas encore terminée, combat homérique sur lequel
le soleil se serait endormi et réveillé plus de
mille fois.

Le sillon laissé dans l'histoire et le souvenir
de l'humanité par ce ferme réorganisateur de
la société sera moins étincelant peut-être,
mais plus long et plus durable que l'éclair terrible coupé en zig-zag dans l'azur assombri
des révolutions et des mêlées, par ce dieu militaire dont il est issu, et qui sommeille aux
Invalides, rois et nations ne le réveillez
pas!

Au fils des Bonaparte et des Beauharnais.

nous devons et les chaussées de marbre qui portent nos pas, et les demeures royales où fils de la glèbe, de l'outil et de l'épée, nous logeons sans vergogne comme des césars, le respect dont l'univers nous environne, l'estime de nous-même méritée, le droit de pouvoir secourir, à l'exemple de la cassette inépuisable dont la clef est aux Tuileries, toutes les infortunes du globe, infortunes d'une cité, infortunes d'une province, infortunes d'une nation, infortunes d'un vieux soldat, infortunes d'un homme de génie, infortunes d'un pauvre ouvrier, infortunes d'un saltimbanque dont les enfants, les singes et les chevaux sont morts.

Les vastes marchés où s'étalent nos festins en expectative. expectative éternelle, hélas! pour quelques-uns: les cités dans la cité, abbayes riantes où chaque famille indigente a sa cellule et son nid de marmots, et sa place à l'onde fraiche pour ses langes, et sa part de pelouse pour les jeux du soir et la sieste

estivale ; les voies larges où les poumons s'é-
panouissent libres désormais, routes straté-
giques où la révolte n'a plus de retranche-
ments et où des armées libératrices et des
vols de tirailleurs lancés au pas gymnastique,
ont raison de tout essai de résistance, de
toute velléité révolutionnaire,—sur ces vastes
trottoirs et ce madacam léger au pas militaire
comme le sol plénier de la parade, les pha-
langes peuvent se développer à cette heure
comme sur le champ de bataille, et ne ris-
quent plus de s'engouffrer dans ces traque-
nards étroits où les attendait la bienvenue des
pavés et des armoires tombant du ciel des
sixièmes étages comme des aérolithes de malédiction ; — le système de viabilité, unique
et simple qui relie géométriquement et paral-
lèlement toutes les artères du faux Paris à un
seul cœur, le cœur des Tuileries, admirable
méthode de défense et de maintien de l'ordre ;
les edens fleuris semés là où vivotaient des
masures sombres comme la nuit et infectes

comme la voirie, nous devons tout cela à un dieu affable et bienfaisant :

... *Deus nobis hæc otia fecit.*

Le faux Paris ne mange plus dix provinces, ti donc, un déjeûner pareil est bon tout au plus lorsqu'on est cancre, hère et pauvre diable, esclave du restaurant à trente-deux sous ou de la crémière à soixante centimes. Comme le faux Paris est un vrai gentleman, n'allez pas lui proposer une collation aussi mesquine. Son couvert est mis au café de Paris... Hélas le café de Paris n'existe pas plus que Paris lui-même : je me laissais entraîner par le préjugé indéracinable. Au lieu de café de Paris, il se présente au gourmet arriéré et demeuré comme une momie intelligente sur les souvenirs de la Restauration et de Louis-Philippe, un magasin de nouveautés, un tailleur, un je ne sais quoi ou un je ne sais qui. Mais enfin, le faux Paris eût fait la queue à Cambacérès;

Grimod de La Reynière et Brillat-Savarin n'eussent pas été admis dans ses fourneaux, même à l'état de gâte-sauces ou de laveurs d'assiettes ; Carême eût été relégué par lui dans le troisième dessous de ses culinaires officines, Appert serait devenu tout au plus son décosseur de pois, Vatel se fût plus de dix fois pendu pour ne pas endurer les boutades de ce prince difficile, Chevet lui eût agréé seulement pour dépister les chevreuils et ramasser les écrevisses sur les roches.

A ce monsieur, il faut maintenant la France pour office, l'univers pour garde-manger. Il jette comme d'immenses filets de fer sur tous les points du territoire, des rails sans nombre, et ces trames lui reviennent chargées de tous les fruits de la Provence et du Languedoc, — Pauvre Montreuil et pauvre Livry, comme vous êtes devenus provinciaux, — des vins de l'Aquitaine et du Roussillon, du gibier des Alpes, du macarone d'Italie tout chaud enlevé à l'état de la rue de Tolède, des ananas de la

Colombie, des bananes de l'Hindostan ficelées dans leurs colis par le grand-mogol depuis qu'il n'y a plus d'Anglais, des dattes du Saharah, du caviar de Russie que nous aimons beaucoup, omnivores que nous sommes, du plum-pudding d'Albion que nous servons pour la Christmass à côté de nos oies et de nos dindons nationaux, de la choucroute la plus authentique du Palatinat et de Souabe, des oranges de Malte, des raisins de Corinthe, de la rillette de Tours, de la cannelle de Ceylan, des jambons de Bayonne, de la muscade de Java, des saucissons de Lyon, du manioc des Antilles, de la blanquette de Limoux, des flacons, aux armes, du Cap, des goulots goitreux de l'Hermitage, des poudreux cristaux empourprés par le Tokay, de l'élixir de la Grande-Chartreuse — car il lui faut même à ce goinfre, les moines pour cuisiniers et les cénobites pour maîtres d'hôtel, — des fromages de Roquefort, de Gruyère et de Parme; de l'essence de rose envoyée bienveillamment par

les imans de Perse aux incircoucis du Fren-
kistan, des cervelas d'ours de la Maladette,
des côtelettes-conserves de tapir du Rio de la
Plata, des marrons du Beaujolais, des biftecks
d'éléphant de Quedah, des truffes du Périgord
et du Quercy, des nids d'oiseaux de Formose
et de la Korée, maisons de l'enfant de l'air
qu'on avale comme une figue, avec leurs
murailles et leur ciment onctueux.

Rassurez-vous le faux Paris est un aimable
goinfre. S'il s'amuse à dépecer le globe comme
un chapon de Saintonge, il le fait en artiste,
en Apicius. Il assaisonne cette bouillabaisse du
monde entier mis en compote, d'un appétit de
paysan breton, soumis à un carême de cent
années ; il soupoudre ce festin éternel dont il
ne découche pas, d'un esprit de champagne,
de saillies épandues en fusée étincelante, d'une
grâce de courtisan des vieux régimes, d'un
luxe de Nena Saïb et de padischah. Tous les
grands artistes lui servent de dessert. Labla-
che, Grassot. Samson, Frédérick Lemaitre,

Alboni, Bressant, Rosati, Deburcau, Gueymard, Rose Chéri, Doche, Guy-Stephan, Regnier, Saint-Ernest, Madeleine Brohan, Augustine Brohan, tous les Brohan possibles, lui sont administrés comme digestif, et il n'est jamais malade.

Plessy-Arnould, Taglioni, Carolina Duprez ou Van den Heuvel, si vous préférez les consonnes; Rouvière, Bottesini, Ugalde, Mocker, Viardot-Garcia, Guyon, Plunkett, Luther la blonde, arrière petite-fille du moine réformateur, du génie révolté de Wittemberg; Déjazet, cet éternel petit jeune homme qui aura bientôt quinze ans; Geffroy, Scriwaneck lui sont apportés sur le même plateau que le café et les liqueurs.

Il faut être un Paris, et un faux Paris encore, pour se permettre un faste aussi oriental.

Les clowns qui font de leur corps un chiffon, une guenille à mettre dans le creux de la main: les prestidigitateurs qui font des mira-

cles à 75 centimes par personne, les chan-
teurs de chansonnettes qui valent un spectacle : les Robert-Kélm, les Levassor ; Mme
Poulmarc'h, pâle et belle jeune femme qui
s'ensevelit dans une tabatière de cristal comme
vous et moi dans une casemate d'étudiant de
la rue de Seine ou le cabinet à grands ramages
d'un avoué à la cour impériale ; les aveugles
qui jouent bien de la clarinette, et les guita-
ristes qui pincent juste, voilà son antidote
contre les gastrites. Après ses voracités étranges, ces bowls de thé lui sont nécessaires,
n'en disconvenons pas.

Et voilà comment la banlieue du faux Paris
ne produit plus rien que des échoppes ; voilà
comment les départements du rayon parisien
ne poussent plus que des garçons de café, des
lorettes et du seigle ergoté. Nous parlions de
Vatel, réparation d'honneur, il ne se pen-
drait pas. La marée, le poisson arrivent de
toutes les mers, de tous les littoraux du globe
par une voie électrique et avant qu'on les ait

commandés. Vatel en serait réduit tout bon-
nement à perdre la tête et à solliciter une
place à la maison de santé du docteur Dubois.

Le faux Paris a le bon goût de comprendre que rien n'est plus inutile et plus immo-
ral qu'une émeute. S'il triomphe quelques
minutes du pouvoir, il est dompté pour plusieurs siècles. Au lieu de s'occuper de politique, ce qui est une badauderie, il se captive
doucement dans les questions économiques,
industrielles, mais surtout littéraires et artistiques, les seules dignes de l'homme, les seules éternelles.

Les sympathies de cette fausse Lutèce sont
acquises, et c'est un miracle encore produit
par un dieu mortel :

Deus nobis...

Sont acquises, dis-je, au pouvoir vigoureux
et paternel qui a jeté des milliards dans Paris,
dans le faux Paris, bien entendu. Elle préfère

l'harmonie calme dont nous jouissons, ingrats dilettanti, à l'orchestre bruyant et tempétueux de la révolte, aux harmonies même du phalanstère.

Dans le vrai Paris, songeait-on à bâtir, à créer, à s'enrichir, à devenir nababs, tous jusqu'au plus mince saute-ruisseau de la place du Châtelet ; on en possédait bien le temps, ma foi, occupés qu'on était à faire des rois, des dictateurs et des républiques à tous les changements de lune. A l'heure qu'il est, proposez au gamin de Lutèce, une insurrection à forfait, une barricade par indivis, un château royal ou impérial à dévaster avec primes sur le cellier souverain ou la cassette césarienne, il accueillera vos ouvertures avec un de ces gestes énergiques et pittoresques, qui sont bien sa légitime propriété malgré les nombreuses contrefaçons.

Le Californie et l'Australie, consolations un instant des populaires ambitions déçues, et déversoir pendant quelques années des plébéiennes ardeurs détournées des subversives entreprises, ne sont plus cotées dans l'estime du faux Paris. Il a trouvé sous la plaque de son foyer, la Californie qu'on lui faisait aller chercher bien loin, à travers le Hâvre, à travers l'Océan, à travers les rifles de San-Francisco, les flèches vénéneuses des Comanches et les placers sans gerbes du Mexique septentrional. Sous les pas de son industrie, de son commerce et de son activité, il découvre la mine et l'épuise sans relâche. Il a senti le prix ineffable de l'or, ce don de Dieu dont nous ne comprenons pas assez la surnaturelle puissance et la céleste mission sur ce sol des larmes. Sourire du Grand Esprit, ce brillant métal, complète la création de l'argile humaine, si artistement pétrie à la première aurore. De ce cadavre nu et impotent, il fait un roi, un génie, un dieu. Sa demeure mortelle il en fait un palais féerique de luxe et de lumières; il le revêt comme un césar et un patrice, le couche dans la mort avec la pompe d'une apothéose, lui donne les plus paradisiaques bonheurs de l'amour et de la gloire. Fort de cet or, l'homme triomphe de tout : des potentats, des événements, des précipices, des dangers invincibles, du malheur bien plus invincible encore, de la chance funeste, de la haine, de la mort. Beaucoup d'or et il est transfiguré, peu d'or et il ne vaut pas l'orang qui erre dans les bois. Une pièce d'or riant dans son œil, et nul, et nulle ne lui résiste. Tout est à lui, même le mal, même le *non licet.*

Le faux Paris s'est donc emparé de la quête de l'or, de l'exploitation de l'or. amoncelé dans son gîte sombre à lui. et il ne s'en doutait pas. Il le manipule, le multiplie, le fait manœuvrer rapide, sous sa figure empruntée de papier crasseux, d'argent oxydé, de cuivre à reflets de crapaud, et aussi sous son visage naturel d'or mâle ou femelle, safrané ou jaune paille. Autant le vrai Paris est riche d'un côté et mendiant de l'autre, autant le faux ruisselle dans la valeur. Le numéraire et le capital engloutis dans le faux Paris, achèteraient le ciel du Bon Dieu s'il était à vendre.

A côté de cet amour de l'or, droit et devoir de la civilisation, il est une sage probité, un travail honorable et honnête, condiment indispensable de la soif permise de l'or. Cette alliance, si difficile à réaliser parfois, le césar qui nous gouverne a su la conclure et l'asseoir sur de solides bases. On spécule dans le faux Paris, mais on ne fait pas de dupes. On laisse à la race israélite, cette conquérante définitive — par son habileté et sa patience — du monde terrestre, le loisir de faire des milliards, couvée toujours reproduite et toujours multipliée; on laisse le loisir aux incirconcis, imitateurs plus ou moins heureux de ce génie et de ce bonheur, le loisir de faire seulement des millions. Tout cela est très-permis sous un prince ennemi de la fraude.

Ne croyons pas qu'il soit ennemi de l'industrie humaine, se créant des mondes à son gré et en se jouant; il sait trop bien que l'or est le nerf de la vie, de l'humanité, du pouvoir, de l'obéissance et de l'avenir; qu'il faut de l'or, beaucoup d'or pour réaliser les grandes choses que nous ferons ensemble, pour nous faire de notre planète un escabeau vers le ciel.

Il n'y aura jamais de malentendu entre le génie ardent mais honnête, l'activité fiévreuse mais licite, l'ambition passionnée mais définitivement vouée au bien, et cet auguste, fiancé tard à la Fortune, jeune et belle toujours, fidèle surtout à ses derniers amants.

Il a eu encore, ce fils des Napoléons, le bon goût insigne de respecter et d'imiter tout ce qu'il y a de beau et de grandiose dans les traditions de notre ancienne Monarchie. N'allons pas l'ajouter au nombre déjà trop grand des dynastes exclusifs dont la préoccupation constante est d'effacer tout souvenir des races détrônées, de supprimer tout vestige des pou-

voirs abattus par la cognée des événements.
Non, il aime le passé, et veut le marier avec
le présent, bien mieux, avec le jeune et
éblouissant avenir. Sa noble intelligence et
son noble cœur n'ont pas souffert qu'on grattât
les fleurs de lys des monuments, il les a fait
renaître plus étincelantes au contraire. Les
effigies royales, surtout celles de Henri le
Grand et de Louis le Grand, il les vénère et a
fait de leurs piédestaux des autels, mieux encore des chefs-d'œuvre.

Sa cour reproduit les fastes charmants des
cours de François Ier et de Louis XV. Les
chasses à courre dans les forêts de Compiè-
gne ou de Fontainebleau se trouvent l'édition
rajeunie de nos vieilles chasses royales, sans
oublier le costume galant et les belles dames
relançant le chevreuil, comme la déesse ai-
mée d'Endymion. Tout ici ressuscite ce que
nous croyions mort et ce qui était l'objet de
nos regrets. La majesté souveraine réapparait
accompagnée de ce cortége, environnée de ce

prestige, illuminée de ces rayons, qui en faisaient aux yeux des peuples une sorte de divinité dans toutes les pompes du temple, du sanctuaire et des pontifes.

Le faux Paris sait le monde, il possède l'univers comme sa croix de par Dieu, et son Marais ou son Chaillot comme l'univers. Il est vrai de dire que les uns et les autres lui sont présents et voisins de carré, par les voies de fer de plus en plus rapides tous les jours, par le fil d'electrum, dialogue monosyllabique des poles entre eux. Il peut aller, glisser sur le ruban de fer, même à l'extrémité des Champs-Élysées, comme dans quelques jours et en quelques heures, il atterrira sans autres bagages qu'un sac de nuit, à Taïti et au Groenland, voituré par l'hélice au vol de goéland. Les replis du faubourg Saint-Antoine et du faubourg Saint-Jacques n'ont plus de secrets pour lui, et les saints par lui sont réstaurés dans leurs niches et sur l'enseigne des rues ou des quartiers qu'ils patronent, dieux tutélaires. Un faux Parisien ne se permettra plus de dire : la rue Victor, le faubourg Marceau, le carré Martin, la rue des Filles-Thomas. Enthousiasmé des paysages d'Italie et des sites helvètes qu'il a découverts dans sa banlieue, le plus ravissant Eden qu'il y ait au monde, et on n'en savait rien ! le faux Paris n'en veut plus sortir; il y va le dimanche entier, y fait la saint Lundi , s'y attarde la semaine entière, en fait un printemps et une villégiature du premier janvier à la Saint-Sylvestre. Ce penchant pour la banliene ne refroidit pas d'ailleurs sa fringale pour la province dont il s'est amouraché, comme un prince russe s'amourache d'une grisette ou un botaniste d'une pervenche inconnue. Il la connaît mieux que son cabinet de toilette, il y est toujours fourré, et sous prétexte d'aller prendre les bains de mer à Dieppe ou à Parnic, à Arcachon ou à Royan, d'aller boire des purgatifs à Vichy ou à Forges, il va tout simplement se ménager des tête-à-tête avec les grands bois chevelus, les aurores qui se lèvent, les soleils qui se couchent, le rossignol qui rossignole, le flot qui moutonne et s'argente d'écume, le ruisseau qui s'aventure à travers les hautes herbes. Il devient rêveur et poète. le pavé lui est désormais antipathique. les murailles lui donnent l'opthalmie, la foule lui serre le cœur, les maisons lui paraissent absurdes; il se bâtirait volontiers une hutte au milieu des taillis et s'y nourrirait de faines savoureuses et de sorbes parfumées. Les perdreaux qui défilent devant son regard noyé dans les douces rêveries, n'excitent chez lui qu'un mépris spiritualiste; les cailles et les grives dont les branches balancent les nids au-dessus de sa tête. ne lui paraissent utiles qu'au point de vue pittoresque et musical: pour ce dilettante, ce sont les doublures de la fauvette et du rossignol. les utilités du grand concert de la nature.

Un faisan faisserait miroiter devant sa loge de feuillage. les plumes d'or et de rubis de son panache et de sa queue : un vol d'ortolans viendrait s'abattre sur les toits en fleur de sa maisonnette improvisée, qu'il les saluerait comme des hôtes merveilleux, comme un nabab de la forêt l'un, des sylphes visibles et susurrants les autres.

Il est las d'en manger dans les salons de Véfour ou des Frères-Provençaux.

Mais la banlieue et la province ne lui suffisent plus, il s'est familiarisé le monde comme un appartement de tous les jours ou un logis aux proportions étroites. Ravi par les beautés étranges que notre globe recèle comme un écrin, les magnificences de végétation qui le parent comme une robe à grands ramages, il habite autant les llanos et même les steppes aux blanches neiges que ses propres carrefours. Il n'ignore de rien : ne murmurez pas, homme du mystère, à ses oreilles, des voyelles inouïes ou des aspirations incommunicables, il les sait mieux parler que vous, et vous avez, sans le savoir, un tiers dans vos confidences.

Ce n'est pas lui qui se moquera des Hurons, des Welches, des Ostrogoths, des Polaques, des Auvergnats, des Limousins, des Bulgares, des Bohémiens, des Savoyards. Il ne jettera plus leur nom comme une injure à la face de ceux qu'il déteste ou qu'il méprise. Les régions habitées par ces peuples lui ont paru les plus majestueusement belles de la planète terrestre, et les êtres humains nichés dans ces bois ou perchés sur ces roches les plus nobles et les plus énergiques enfants d'Hevah.

Pas plus il n'est frileux dans les glaces du Labrador qu'il n'est petite-maîtresse sous les flammes tropicales de la Guinée ou de la Colombie. Le chaud et le froid lui paraissent indignes d'un faux Parisien, de ce faux Parisien, si fier d'être Français quand il regarde la colonne, la colonne des braves, la colonne d'Austerlitz, de Wagram et de Moscou.

Il a reconnu que l'élégance est de tous les pays comme la poésie et l'art. Les épouses des Esquimaux lui ont montré les bottes d'un galbe délicieux et d'un maroquin plus doux que nos gants, dans lesquelles ces hyperboréennes filles d'Ève emprisonnent une jambe souveraine, ce qu'elles ont de plus beau du reste. Il a écouté avec charme aussi, les mélodieuses chansons, pleines de tendresse, de sentiment et de rêverie, murmurées à l'avant de leurs pirogues par les indigènes de la Nouvelle-Zélande ou de Tonga-Tabou. La Chine ne lui est plus un jardin fermé. Toute sa civilisation, créée d'un seul jet il y a six mille ans, il la possède comme son Despautère.

Le procédé des porcelaines, de la préparation du thé, des soies Nang-King, de la peinture sur vélin et sur laque, sont devenus siens comme au fils de l'empire céleste lui-même.

Ce n'est point le faux Paris qui fera le badaud hors de ses murailles ou dans la propre enceinte continue de ses forts. De flâneur qu'il était sur les trottoirs et devant les étalages, homme nul, insignifiant, insatiable de banquistes, d'émotions à dix centimes ; étranger

à tout ce qui n'est pas pierre, fiacre, lanterne
à gaz; de promeneur éternel, toujours prêt à
lever dans l'atmosphère son regard terne et
vaguement sollicité par tout objet, il s'est
fait observateur de ce qui en vaut la peine,
homme sérieux, digne ; il s'est fait laboureur,
vigneron, industriel de la laine, du sucre et
du fer.

Il ne s'abasourdit plus devant les habitudes
de la nature. La germination de la plante ne
lui parait plus en dehors des procédés de fa-
brication usités dans le faubourg Saint-Denis.
Il a deviné les joies intimes du désert et com-
pris que le bonheur peut éclore peut-être
mieux dans une lande que dans une foule.
Avec cela il ne méprise pas la foule. parce
qu'elle est composée désormais d'hommes in-
telligents, modérés pour le mal et la préten-
tieuse ignorance. tout de feu pour le bien
et les connaissances utiles ou les divins mystères de la muse. d'hommes comme lui. On
sait dans le faux Paris. que la muse, cette no-

ble et belle déesse affectionne le séjour des bois et des montagnes sans détester pourtant les harmonies magistrales de la salle Ventadour ou les féeriques enchantements du théâtre Le Pelletier. Un compromis entre les magnificences de l'art et les splendeurs de la nature, semble à ce faux Paris, le meilleur système, et il a raison.

Les grâces voilées dans l'ombre de ses forteresses détachées ne le sont pour lui que d'une gaze éthérée et à peine saisissable par l'œil : Fontenay-aux-Roses, cette plaine du Gulistan en plein Parisis, Bougival, naïade couronnée de verdure et de palazzini d'artistes, dénouant sa belle et soyeuse chevelure de saules dans les flots argentés de la Seine, Neuilly et ses parcs princiers ou rustiques ; Passy, Plombières et Balaruc niché aux portes de la capitale, mais qu'elle dédaignait comme on dédaigne un voisin et un camarade, dont elle apprécie à cette heure les miraculeuses guérisons et les sites de ranz des vaches; Vitry, réceptacle ignoré de petits tableaux sans cadre, de pensions où les bambins poussent et fleurissent comme la verdure et les fleurs, théâtre sain de leurs jeux; de couvents dont la cloche argentine se fait un écho affaibli dans les feuillages drus et les charmilles sombres.

Enfin Paris prend les choses à leur juste valeur. Il n'est plus, il n'est pas la grande dupe que l'univers s'amusait à dauber. N'allez pas lui faire, conclure devant son regard des marchés véreux, il n'apposerait pas son visa. Il veut que ses mets soient authentiques et ses gouvernements sérieux. Il recommence, ou plutôt il commence à embrasser ardemment le culte du passé; il s'est épris de l'autorité et du pouvoir, et s'est donné un monarque dont le bras ferme contient, dont la main douce console; un fils adoptif de nos vieux dynastes: de Robert-le-Pieux, de saint Louis, de Charles le Sage, de Louis le Père du Peuple, de François le Père des Lettres. Il est las des gouvernements qui demandent le chapeau à la main la permission d'agir.

Le faux Paris a entrepris contre les sophistications alimentaires ou autres, dans lesquelles le vrai Paris avait donné en véritable niais de Sologne pendant des siècles, une croisade dont le premier fruit est l'abolition de l'empoisonnement chronique passé dans nos mœurs.

Une race immense de Brinvilliers, d'Exili, de Locustes, en bonnet de coton et à allures paternes,

> Race d'Agamemnon qui ne finit jamais,

se donnait la satisfaction de conduire l'humanité à la mort par le chemin vénéneux de l'intoxication journalière et à petites doses. On a condamné tous ces industriels à faire amende honorable à la santé publique ; tous les jours on découvre de nouvelles ramifications de cette franc-maçonnerie de la destructruction cupide : tous les jours on la pourchasse et on livre ses produits aux pavés de la rue ou aux flots de la Seine. Le faux Parisien ne souffre pas qu'on lui serve d'immonde gibier pour ses repas de comfort. et la vaisselle d'argent ou de sèvres ne lui déguisera pas plus que l'art du chef de haute volée, les animaux étranges et les fantastiques préparations. Aucun mystère des officines où l'on mixtionne le suc funeste et où l'on rôtit l'hôte des lieux impurs, ne lui est inconnu. Il a un flair de basset, et en remontrerait pour la rouerie culinaire au premier empoisonneur public de la capitale. Inutile d'ajouter que ce soin est superflu ; il n'y a plus, il n'y a pas d'empoisonneurs publics dans le faux Paris. Il y a d'excellents restaurateurs. des restaurateurs sains et amis de l'existence de leurs semblables : des maîtres d'hôtel du peuple français. l'attendant au bout de leurs tables gigantesques, une serviette sous le bras et une entrée exquise à la main.

Le vrai Paris, reprenons-le, car nous ne l'avons pas complètement épuisé, de bien s'en faut.

II

Le vrai Paris est un séjour de coteries littéraires, artistiques, de coteries de toutes sortes. Où pouvait éclore l'hôtel de Rambouillet si ce n'est chez lui ; les bureaux d'esprit, où pouvaient-ils installer leurs écritoires, leur tenue des livres en partie double, et placer leurs mots, si ce n'est dans le vrai Paris, dans le Paris parisien. Le vrai Paris ne comprenait qu'un genre, le genre de Panurge. Il ne pouvait imaginer qu'on pût sortir d'une ornière lorsqu'elle était bien creusée et bien tracée. Si on voulait dérailler, gare au wagon ; lui porter secours eût été un crime. Exception doit être faite pour une portion de la société aristocratique et de la classe intelligente, dont les goûts et les affections n'étaient pas ceux de la masse ; comité malheureusement trop étroit, malgré de larges et passagères éclaircies de vogue.

Le Grand Corneille fut l'homme de cette élite clairsemée.

Incompris d'une partie considérable de la nation, il fut d'ailleurs, plus par le privilége du ouï dire que de la connaissance directe, l'idole courte des peuples lettrés.

Les hommes du talent le plus original et le plus spontané ne purent jamais arriver, sauf quelques exceptions, aux portes même de l'académie, aux honneurs de la lecture ailleurs que chez le concierge de la Comédie-Française, et cela parce que la règle, chose adorable, n'était respectée et pratiquée par le vrai Paris, que dans son sens le plus étroit, dans sa lettre morte, dans ses formules rabbiniques.

Molière, Jean-Jacques Rousseau, Joseph de Maistre, P.-L. Courier, Lamennais, Béranger, Balzac, Gilbert, Hamilton n'ont jamais fait partie du consistoire littéraire de la France, et pourtant à l'époque des quatre ou cinq avant-derniers, ce concile permanent des Lettres, ne possédait dans son sein que des hommes remarquables, tous élus par leur propre notoriété, dignes même, malgré leur vétilleux respect pour les scholaires axiòmes, quelques-uns, de figurer, pères conscripts de l'art, sur les trônes patriciens, rémunération suprême des vétérans et des maîtres de l'esprit français.

Si quelqu'un des proscrits de génie dont nous avons cité les noms, s'avisait de déposer sa carte à l'Institut, et de briguer un de ses fauteuils incommunicables, on faisait miroiter ce fauteuil devant son regard désireux, pendant une éternité de vie, on lui donnait trois voix quand on ne lui octroyait pas zéro, on le momifiait à la porte du palais Mazarin, et il finissait par se faire un ami du suisse. On le condamnait à l'antichambre de la Bibliothèque, où il avait le temps de causer avec M. Walkenaër et de feuilleter les vieilles éditions de

Racine. Quelquefois à bout de patience, il se rabattait sur l'académie de Saint-Lô ou sollicitait l'honneur de faire partie de la société des lettres et arts de Bourganeuf, très-curieux encore d'avoir un allongement quelconque sur sa carte de visite, vierge et nue.

Il ne fallait pas, il ne faut pas innover dans le vrai Paris. Si vous coupez un vers autrement que le mélodieux et vague librettiste de La Ferté-Milon; si vous raffinez les césures; si vous comprenez les cadences et les coupes sous un jour tout nouveau et tout fécond. gare à vous! de par Richelet et Despréaux, l'on vous sentenciera aux quais à perpétuité, et si le public casse l'arrêt, c'est qu'il y a autre chose en France et en Europe qu'un Paris, qu'un vrai Paris. D'un autre côté, vous voulez chanter de la prose harmonieuse, plus harmonieuse que les vers, on vous renverra aux carrières. Et que nous veut donc ce chanteur obstiné qui psalmodie envers et contre tous. sans rimes et sans mesure, sans autre rhythme que le cours large et musical de la phrase sonore et pleine, et suave parfois comme une susurration de bengali!

Vous voulez laisser à votre pensée toute sa hardiesse, à votre image toute sa couleur; laisser monter la mousse étincelante de votre enthousiasme et de votre mystérieux ravissement jusqu'à ces limites voisines de Dieu, où l'intelligence et l'âme communient à lui, et où elle doit se fondre foudroyée, — sans cela elle deviendrait Dieu lui-même,— prenez garde, on dira que vous êtes fou, et l'on vouera votre existence aux courses poursuivies du Dante à travers les rues, ou au cabanon de Torquato Tasso. Hélas! ô Dieu du génie et du malheur, il faut que tu aies dans ton paradis tout en lumière et tout en fleur, des consolations ineffables et suprêmes pour ces fils aînés de ton verbe, pour ces chéris de ton amour et ces prêtres de ta beauté, car souvent dans l'exil terrestre on n'a que de la boue pour eux, et au lieu d'être les rois devant lesquels monarques et peuples devraient se prosterner à genoux, ils ne sont que les très-humbles esclaves du petit enfant capricieux et du populaire idiot. Nous espérons donc, ô Dieu de la pensée et de la forme inénarrable, nous espérons de ta libéralité une assomption glorieuse, où le génie impérialement vêtu, de ta propre gloire couronné, plongé tout ruisselant de son bonheur dans les splendeurs et les rayons de ta face, abîmera non de vengeance mais de félicité partagée et de douce confusion, les contempteurs et les mauvais riches qui refusèrent à ce lazare la miette de la vie quotidienne et la goutte d'eau cristalline de la tendre admiration.

Dans le vrai Paris, il faut toujours produire des tragédies dans le moule usé. Les Grecs et les Romains, nous n'en sommes pas délivrés, malgré l'adjuration prononcée jadis par un fatigué du parterre. Toujours chez eux l'on va chercher des thèmes et des modèles.

et malheureusement ces thèmes et ces modèles, justement parce qu'ils sont puisés chez des Grecs et des Romains de convention, ont tous quelque chose de froid, de terne, de porte-ennui. Il semble dans ces vers ronflants et ces décors monotones qu'on soit en plein lycée, dans la maison du maître d'études, drapée pour toute lice et tout aubusson, de bustes en plâtre, de pensums, de faites silence et de volumes de 1819.

Si on nous faisait encore des Grecs et des Romains comme ils l'étaient en effet, des Grecs et des Romains comme le Rouennais les comprenait, plus grands et plus Romains que dans leur histoire, à la bonne heure! la Comédie-Française serait trop petite, il faudrait lui donner les proportions du Palais-Royal.

L'Opéra n'aurait qu'à fermer et les Bouffes-Parisiens seraient déserts; Alboni partirait pour San Francisco et Grassot ferait ses malles pour Quang-Tong.

Veut-on dans le vrai Paris, faire de bonnes

comédies de mœurs et de caractère où mousse
le bon sel, le bon champagne, le champagne
Clicquot de Molière et de Regnard, ah
bah! qu'allez-vous faire; produisez donc des
vaudevilles, tirés à quatre quartiers et spiri-
rituels comme un cercle à trente-deux sous.
Ne perdons jamais de vue que je parle toujours du vrai Paris, Paris qui n'existe plus,
qui n'existe pas. Un peu de patience et nous
réarriverons au faux, le seul qui existe.

Le vrai Parisien ne sait rire qu'à la pochade
semée de couplets. Il ne tient pas à la fac-
ture; on lui donnerait de la pacotille coloniale,
de l'impromptu bon pour la Pointe-à-Pitre ou
Miquelon, qu'il prendrait tout de même; il
n'est pas besoin d'être fort pour rire cela,
pour crier bravo à cela.

Il y a une façon de faire le vaudeville qui
ne peut lui agréer, c'est la gaîté franche et
un peu folle dont la poésie est la poésie même
du caractère français. Il lui faut quelque chose
de grêle, de mesquin, d'écourté, d'aigrelet,

de chevrotant. Si une pointe de rabelaisianis-
me se glissait dans les vaudevilles qui lui
sont chers, il se boucherait les oreilles et les
yeux et protesterait par un immense *shoking*.

L'opéra pour le vrai Parisien ne doit être
qu'un opéra-comique, et l'opéra-comique
qu'un vaudeville. Les machines trop grandioses, le faste scénique trop étincelant, le chant
trop large et trop magistral, le timbre trop
sonore des barytons, l'harmonie trop harmonieuse, le ballet composé de trop de péris
et de trop de nymphes, de trop de willies et
de trop de bayadères, ou tout simplement de
trop de tarentelles et de trop de jaleos, les
parterres et les loges trop salon et trop luxe
lui donneraient le vertige. Il lui sied un opéra
bourgeois, modeste, pot au feu. Un orchestre
trop composé de sax vibrants et tumultueux
serait relégué par lui dans les steppes de l'U-
kraine, un escadron chorégraphique dont les
poses et les formes traduiraient le beau, serait aussi incompris de cet infiniment peu

artistique personnage que les ciels roses de Latium et les savanes pontines aux grands bœufs blancs.

La philosophie dans le vrai Paris est comme ces vieux livres, ou ces papyrus assyriens, s'il est des papyrus assyriens, ou ces inscriptions cunéiformes volées par l'intuition du génie à la rouille des siècles qui les avait rongées, et par l'audace de l'investigation humaine aux rocs imprenables qui les gardaient jalousement pour l'éternité. Quelques fous, ou soi-disant tels, car on peut se vanter de cette sublime et uniquement sage folie, recherchent le secret de l'homme, de l'existence et de Dieu.

Peut-on s'occuper à des billevesées pareilles. Ah! si l'on consacrait ses veilles et ses jours au sucre de betterave, au coton filé, au tartan-laine, à la haute carrosserie, au 3 %, au café du Grand-Balcon, aux courses de canots pour les grands anniversaires, comme on agirait beaucoup mieux.

Aussi un philosophe dans le vrai Paris, est quelque chose de grotesque, de cynique. — de cynique en bonne part, entendons-nous bien, mais de cynique toujours, — de visionnaire, de toqué pour me servir d'un terme dont Bossuet et Fénelon n'auraient pas voulu. Un philosophe n'est jamais admis dans la société, ne reçoit jamais de cartes, ne voit que son gargotier, fait son lit lui-même, se fait raser à dix centimes, boit de l'eau pure, ne fréquente que son chat, va au spectacle de la romance en plein vent et de l'acrobate en plein boulevard. Il est toujours mal habillé et à la mode des sectateurs de Zoroastre ou des disciples de Confucius.

Un philosophe autrement, c'est un élève du collége Louis le Grand ou un vétéran de Char lemagne qui fait ou refait sa philosophie; ce dernier philosophe porte un embryon de moustache, fume des cigares et quelquefois la cigarette, connait la racine du mot ontologie, ne sait pas un mot du baralipton, fait

des fredaines le jeudi, se donne des gants
de mère Moreau, de closerie des Lilas, de
toute espèce de closeries, se pose le képy en
sceptique et en blasé du monde et des femmes, assure que la véritable philosophie est
de bien gagner de l'argent, de bien souper
et de ne pas trop s'attarder à l'Opéra. On
donnerait volontiers à ce philosophe imberbe
un gros ventre et un bonnet de coton pour
prix d'honneur. Il les mérite largement.

Un autre philosophe, c'est celui qui ne croit
à rien mais croit infailliblement et invaria-
blement à lui-même. Le monde spirituel ne
lui est rien, il est si matière. L'âme il ne la
voit pas, il ne la touche pas de ses mains
pattues et rougeaudes, donc elle n'existe pas;
elle n'existe pas chez lui en effet. Sa philosophie consiste à dire : Credo, aux perdrix
grasses, au gigot cuit à point, au potage arrivé à son plus haut période de consommé,
au célibat égoïste, à la bourse fermée à tout
pauvre et à tout ami, à l'absence d'amis au-

trement que pour faire une petite promenade après son dîner.

Voilà les philosophes du vrai Paris ; avouons que Diogène, ce sale et orgueilleux hôte de la tonne, avait en regard d'eux quelque sagesse.

Pour les systèmes philosophiques, le vrai Paris les accueille tous. On peut soutenir dans ses murailles et sur les pas-perdus de ses promenades que Dieu est et qu'il n'est pas, ou qu'il est tout ; la métempsychose, le fourriérisme, le brahmanisme, le bouddhisme, l'origénisme, le platonisme, l'évadaïsme, l'hégelianisme, le préadamisme, l'hobbisme, le spinosisme, le catholicisme même, sans crainte des sergents-de-ville, et avec l'autorisation tacite de MM. les Maires des douze arrondissements. Il n'y en a pas encore au treizième, et ce serait une sinécure.

Cette facilité du vrai Paris, attire dans son enceinte toute espèce de rêveurs, de fondateurs de religions, d'apôtres de cultes et de blasphèmes nouveaux. Il n'est pas de si absurde hallucination, enfantée dans une veille de famine et de folie, qui ne puisse compter à son arrivée dans la capitale sur deux ou trois sectateurs au moins. Aux États-Unis, ce sont les fractionnements du Christianisme qui s'étalent libres au plein atmosphère, et peuvent se donner après quelques jours de meeting et de prédication, un temple de marbre. Ici les cultes philosophiques, les cultes spéculatifs de la Raison ou de ses plagiaires, peuvent se donner le faste indigent d'une réclame dans les journaux et d'une sépulture de trois lignes dans une Revue.

Le calepin où dorment par rang de taille toutes ces fantasmagories de l'esprit humain est gros et long comme le livre à jour d'une grande maison de commerce.

Au sein du vrai Paris, le bas-bleu se cultive avec succès : mieux que le rutabaga et le salsifis en province. Ce bas-bleu est médiocre ; ce n'est en général qu'une élève de la prochaine pension, gâtée et adulée par ses sous-

maîtresses, et folle de voir son nom imprimé
au bas d'une gazette, fût-elle de modes ou de
haute carrosserie. C'est encore une cliente de
M. de Foy ou de la dame des Mille Colonnes,
mécontente de son mari qui n'est qu'un maître
de forges et très-fière de son auteur qui était
chef de bataillon — certes cette filiation, surtout lorsqu'elle émane du premier et glorieux
empire, vaut toutes les noblesses, mais ne
donne jamais le droit d'être un prétentieux et
insignifiant bas-bleu ; — elle consume sa vie,
cette femme de lettres, dans les colonnes les
plus obscures et les plus veuves d'abonnés ;
elle répète cent fois la même nouvelle, légèrement contournée, et la glisse subrepticement
dans quelque salmis à robe jaune, dans quelque keepsake, dans un livre de prix pour les
institutions de demoiselles, ce qui donne d'absurdes principes à ces demoiselles. Sans écou-
ter les avis sages, les prophéties toujours réa-
lisées, elle vogue à pleines voiles vers le pays
de Misère, où elle s'éteint sans amour après

avoir préféré la vogue et le tam-tam de la très-petite presse à la laine et aux joies douces du foyer.

Ne perdons jamais de vue qu'il s'agit toujours du vrai Paris, des bas-bleus et de la petite presse du vrai Paris. Les bas-bleus et la petite presse du faux, c'est tout autre chose.

Pour la peinture, le vrai Parisien ne voit rien au-delà de l'école de David plus ou moins modifiée. Par un contraste singulier, il fait grâce aux maniérées gentillesses de Boucher, de Fragonard, de La Tour et de Vanloo. La ligne droite, le contour rond, l'horizon bleu, le paysage pacifié, l'animal hébété, l'histoire de parade, les événements en toge bleue et rouge, ou en bottes à l'écuyère et en claque, c'est tout.

S'il pardonne aux minauderies d'un rose bleu des peintres Louis XV, c'est qu'il a ses moments de vieille marquise et ses petits quarts d'heure de poésie madrigalesque. Quant à la poésie large et grandiose de la nature et de

Dieu, elle ne peut arriver jusqu'à son coin de rue, les maisons l'en empêchent. Si un novateur hardi lui fait le monde comme il est ou comme il devrait être, il criera haro avec un ensemble dont les chœurs de l'Opéra seraient jaloux. Si les grandes scènes de la vie universelle, de la vie des peuples, de vie des hommes lui sont rendues avec la familiarité sublime du pinceau maître de son sujet, il se demande naïvement, et encore ici, il se demande avec un effroi candide si l'artiste est fou.

Ou bien un homme de génie lui renfermera, tour de force du blaireau, les scènes les plus charmantes du champ restreint et de la vie triviale dans un médaillon de quelques lignes, il se récriera sur cette incongruité d'abord et ne distinguant rien dans cette goutte d'eau, il la condamnera à la boutique de bric-à-brac.

La statuaire, il l'aime lorsqu'elle est froidement correcte, ni trop grasse, ni trop maigre,

nue d'une nudité glaçante où ne respire aucune vie, et coiffée d'un bonnet quelconque;
le phrygien lui agrée surtout... Il aimera que
les plis ne soient ni mollement ni amplement
jetés; un fourreau collant et à peine cannelé
lui conviendrait mieux que les ondes opulentes
et prodigues du vêtement. Michel-Ange, il n'a
jamais senti ses majestueuses terreurs; l'antique avec son Phidias, il est incapable d'en
comprendre l'harmonie, et la Vénus de Milo
n'excite chez lui que ce mot digne de Pantin
ou de Vanves : C'est une assez belle femme.

Il a bien admiré les crayons de Charlet et les
études de Gavarnie, mais de confiance, parce
qu'on lui a dit que les grenadiers de l'empereur
étaient moins bien, moins grenadiers que les
croquis de l'un, et il est fou de revues, on le
sait, fou d'uniformes; on lui a dit aussi depuis
la clé d'ut jusqu'à la clé de fa, que Gavarnie at-
trape bien; il est bambin pour son âge, ce
vrai Paris, et il aime à feuilleter des charges
ou des albums; Gavarnie d'ailleurs ne prend

ses thèmes que dans le plus pur Paris, dans le plus vrai Paris, dans le Paris qui n'existe pas, alors Gavarnie est son homme.

Ce qu'il aime surtout, ce sont les plâtres dont les boutiques de coiffeurs sont les musées, et qui nous donnent les traits bêtifiés de nos illustrations ; pour l'honneur de l'art, pour l'honneur de la gloire et de la France, devrait-on souffrir ces abrutissements en carton de la face humaine, du visage célèbre, de la médaille du génie! Ce goût du vrai Paris s'allie à un autre, non moins effrené, pour les silhouettes d'acteurs, de prestidigitateurs, de brigands célèbres. Certes les artistes, surtout les grands, ont bien le droit et même le devoir de léguer leur effigie à la postérité ; honneur et fierté de la race humaine, ils doivent former sa galerie, ses portraits de famille. Mais justement et pour cela même on ne doit pas mêler l'image du scélérat ou du charlatan, fausse monnaie de la gloire, au portrait du poète, du tragique, poète aussi, poète du mouvement et de la physionomie ; de la ballerine de talent, sylphide qui nous emporte sur son aile de gaze dans le monde d'or des rêveries ; de l'inventeur malheureux mais couronné par l'avenir ; du brave, du général, premier rôle d'un drame guerrier ou d'une épopée belliqueuse ; du martyr de son dévouement ou de ses convictions. Non il ne faut pas mêler d'indignes visages à ces figures glorieuses, apothéosées par l'admiration de l'univers. Et d'ailleurs, et heureusement ces silhouettes aimées du vrai Parisien n'ont ni le mérite, ni la solidité qui les ferait ressembler à un testament viable.

III

Rien de plus littéraire que le faux Paris. Au lieu de se griser d'un système et de repousser fanatiquement tout ce qui s'écarte de ce dogme, il accueille et aime le beau d'où qu'il vienne, quel que soit l'idiome qui le rende, quelle que soit la lyre ou la flûte qui le chante. Donnez-lui un chef-d'œuvre, il l'admettra, sans distinction d'école, ou plutôt l'école n'est rien pour lui, il la réserve aux bambins. Il sait démêler le bon esprit du mauvais, la pacotille de la marchandise sérieuse et saine.

Les bureaux d'esprit lui sont inconnus, et, ce qui est plus fort, les comptoirs littéraires lui sont chose étrange. Vous avez du talent, du génie, montrez-le, la gloire et les millions vous seront comptés; le talent et le génie sont ici payables au porteur. Il est de bon goût dans ce pays que chacun signe son œuvre et que chacun en jouisse. Plus votre travail aura conquis de larges horizons et monté haut dans les splendeurs divines; mieux vous aurez disséqué l'homme; plus triomphante et plus en éclairs vous porterez ou lancerez l'éloquence comme un javelot de feu; plus embaumée et plus vibrante vous murmurerez ou entonnerez d'une voix claire la poésie, la sainte, la belle poésie, et plus vous terrasserez l'admiration, debout et sceptique devant vous, et plus vous aurez le faux Paris pour parterre et pour auditoire.

Paris, le faux Paris, se fera de vous un enfant, un roi, un dieu. Les peuples et les monarques feront le pélerinage de Lutèce pour contempler le rayon de votre face, rechercher le son musical de votre parole, faire antichambre à votre quatrième étage, mendier un autographe hiéroglyphique de votre main.

Ce n'est pas dans le faux Paris qu'on vous fera un crime d'être hardi, neuf, original. Si vous voulez être classique, on ne vous l'interdira pas, mais soyez classique avec art, avec un profond sentiment de l'antique, avec tout l'azur de l'Hellade et toute la verdure parfumée du Latium. Voulez-vous creuser une route dans le vif, sans le secours du passé et de la tradition, sans le secours même des traditions d'hier : romantique, fantaisiste, réaliste ; — bravo, Monseigneur, et à l'œuvre prestement, le faux Paris est à vos genoux.

Qu'on soit le fils de la fantaisie, du réalisme, du romantisme, du classisme, de l'indépendentisme complet, on est bien reçu au foyer du faux Paris, du Paris actuel, et il adore sagement tous les dieux littéraires qui méritent d'être adorés, sans s'inquiéter de la région où fut leur premier temple, de la doctrine qu'ils professent, du visage qu'ils revêtent comme un masque radieux.

Il y a des bas-bleus dans le faux Paris, mais ce sont de charmants bas-bleus, dont les œuvres sont lisibles. Dans ces écrits modestes, elles savent parer d'une adorable et fine négligence, d'une sévignéenne négligence, le sentiment et la poésie que la femme recèle en son cœur comme la perle la plus précieuse de sa parure. Elles sont aimables en dehors de leurs livres, elles sont belles; on se sentirait heureux de posséder l'affection d'un bas-bleu du faux Paris. Ce ne sont plus de petites pensionnaires échevelées ou des clientes de M. de Foy — ce qui n'est pas un crime après tout, au contraire — mais de ravissantes comtesses, des jeunes femmes appartenant aux plus élégantes fractions de la société aristocratique, ou bien des génies orageux, dignes d'amour même dans leurs politiques écarts, dignes d'admiration même pour ceux qui n'en ont, comme moi, lu que quelques pages. Ces derniers bas-bleus démontrent bien la supériorité incontestable de la femme, surtout dans les choses de l'art ; cette supériorité a été bien des fois niée par l'homme et cependant les grands poètes, les grands artistes, tiennent de la nature féminine ; ils ne seraient ni poètes, ni artistes autrement.

On n'aime pas que le vaudeville à Paris ou on l'aime définitivement spirituel. La comédie, la grande, la sublime comédie de Poquelin, trouve des sectateurs pressés dans les élégantes loges du théâtre Richelieu. On comprend, on goûte ces magnifiques leçons données en si beaux vers, en un bon sens d'une si vigoureuse et si limpide éloquence ; on commence ou plutôt on a commencé depuis longtemps à entrevoir le *Misanthrope, Tartufe, l'École des Maris,* profondes et philosophiques tirades où l'homme a été scalpé dans le vif et saisi dans le flagrant délit de ses travers grandioses ou de ses bassesses sans fond.

Les magnificences de la scène ne sont désormais inconnues à aucun théâtre du faux

Paris. Aux Français comme à l'Opéra, il est des prestiges, prestiges plus calmes, mais encore pleins de luxe. La musique elle-même, cet enchantement ravi aux cieux, ne dédaigne pas de venir en quelques circonstances ajouter sa magie aux pompes tragiques. Il faut bien que le faux Paris soit un grand artiste pour s'intéresser comme il le fait à toutes les phases, à toutes les palpitations de la santé brisée, de la poitrine éteinte d'une grande interprète des dieux de la scène. Mlle Rachel est malade en Égypte; tout le monde s'inquiète de la position de sa cange dans le Nil; est-elle bien d'aplomb? ne lui donne-t-elle pas froid? Mlle Rachel est à Cannes; les poumons d'Iphigénie ont-ils encore quelques élans, quelque flamme, quelque étincelle? Roxane vivra-t-elle pour notre enthousiasme? Andromaque respire-t-elle encore, embrassera-t-elle encore son cher fils? Pauline se fera-t-elle chrétienne au lit de mort?...

O Paris, faux Paris, béni sois-tu, parce que

tu aimes l'art et ses pontifes, parce que tu sais les élever de leur misère et de leur mandoline à la porte d'un café, aux royautés de la gloire et de la fortune, leur versant l'or comme un torrent, sans jamais arrêter.

Les travaux importants sont assurés de leur vogue dans le faux Paris, mais les riens frivoles en apparence, et cependant chefs-d'œuvre impérissables lorsque, bulles de savon étincelantes, flocons parfumés de vapeur où se niche une chérubine, vêtements soyeux d'une philosophique pensée, ils sont insufflés, tissés par un Anacréon, un Horace, un Hamilton, un Cazotte, un Prévost, dans le faux Paris trouvent leur consécration et leur éternité.

Il n'est pas de genre qui ne puisse se cultiver avec succès dans le faux Paris; on n'y proscrit ni la tragédie, ni la chansonnette; on n'y proscrit que la platitude, le mauvais goût, la froideur et l'inspiration mauvaise. Accourez donc ici, fabricants de tragédies, et l'on vous recevra à bras ouverts chez M. le Concierge de la Comédie-Française, et l'on vous fera monter le premier escalier, et après six mois vous serez admis aux honneurs de la lecture chez M. le valet de chambre de MM. du Comité. Soyez Racine, Corneille ou seulement Voltaire, et le faux Paris vous portera aur le pavois comme les fils couronnés de Merwigh. Ne vous étonnez pas d'ailleurs des scrupuleuses, des vétilleuses précautions adoptées par MM. les Sociétaires. Ils seraient occupés à lire des tragédies inédites pendant quarante-huit heures de la journée, s'ils n'opposaient pas une digue impitoyable au flot toujours montant des dialogues versifiés qui arrivent sans cesse de toutes les provinces, de tous les faubourgs, de toutes les mansardes. Il y a déjà dans les greniers du théâtre Richelieu un amas de manuscrits beaucoup plus considérable que la bibliothèque alexandrienne brûlée par le khalife Omar, et auprès duquel le dépôt de l'arcade Colbert n'est qu'une librairie de magister de village.

Des chefs-d'œuvre se cachent pourtant dans les flancs de cette poudreuse montagne, mais allez donc les deviner sous cette signature : Camuzard, Bonifet, Rosporden, Mascarou, Podisson, Cordouanier, Tripefeu. Allez donc les deviner dans cette main de papier écolier, cousue de fil à voile, et griffonnée en caractères aztèques. Le mieux est de vouer au hasard et à l'oubli, Dieu saura bien reconnaître les siens.

Le faux Paris n'est cependant pas dédaigneux pour les jeunes génies qui veulent arriver au trône. Il n'a égard ni à leur pourpoint troué, ni à leur gaucherie, ni à leur accent franc-comtois ou gascon. Ont-ils le mens divinior à l'état brut, il leur donne le mot de passe, et ils entrent de plain-pied dans le vestibule de la gloire. Il n'est plus même aussi difficile que la Comédie-Française sur le vocable et l'écriture d'ichneumon des candidats à la célébrité. Ils ont le droit d'arriver, d'épouser la Renommée, de former son harem, ils

arriveront, ils célèbreront devant l'univers in-
vité à la noce et agenouillé, leurs pompeuses
fiançailles avec la sulthane capricieuse.

Il n'est pas de haines, pas de jalousies, pas
de déchirements intestins dans la société littéraire du faux Paris. Tous les hommes de la
pensée, tous les travailleurs du papier parlé,
tous les artistes de la phrase s'aiment, s'en-
tr'aident, s'admirent pour ce qu'ils ont de bon
chacun. Il n'est pas de mode dans le faux Paris,
d'aller chercher dans la vie privée des grands
ou des petits artistes, ce qu'on ne peut trouver dans leur œuvre. La bienveillance est la
reine du faux Paris, et de vrai la vie est si
courte qu'il ne faut pas entre vermisseaux d'un
crépuscule se ravager, se détruire et se faire
un malheur de ces quelques instants à nous
aumônés par Dieu. On respecte le malheur, on
ne s'appesantit pas de tout son poids de puissance et de célébrité sur le malheureux qui a
voulu parler le langage de la vérité et de la
justice. La République des Lettres est une

fraternité cette fois, et non plus une anarchie. Cette nation littéraire se renferme surtout dans des limites et un chiffre raisonnables, elle ne menace plus de dépasser de quelques zéros dans les tables de dénombrement, les décimales de la population entière du territoire. Il ne suffit plus pour se dire écrivain, d'avoir fait sa rhétorique au lycée et de savoir bâcler une lettre à sa marraine ou libeller proprement une licitation à son procureur, il faut du style, de l'imagination, de la pensée, du plan, du trait, du brio, de tout un peu.

Vous comprenez facilement que ces conditions à remplir, éloignent beaucoup de bacheliers, tout prêts à s'atteler, les naïfs jouvenceaux, au char des muses. Ces belles dames ne se font plus carrosser que par les maîtres de la lyre.

Le pastiche est médiocrement choyé dans le faux Paris. On aime que chacun boive dans son verre, si petit qu'il soit. Apportez de votre trou local, de votre terrier, le fumet pénétrant qu'il comporte, modérez-le légèrement par les parfums de bonne compagnie que la fausse Lutèce se permet, et servez-nous cela bien chaud et bien propre, et l'on vous décernera le laurier du Capitole. Si vous voulez toujours susurrer sur la même corde, déjà pulmonaire et épuisée de son, des maîtres antérieurs, si vous voulez chez les libraires éditer la trentième édition de leurs pensers, sous un autre titre, on vous couvrira du voile funèbre d'un respectueux silence.

Pour être aimé du public dans le faux Paris il n'est pas nécessaire de se revêtir d'un grand format et de prendre la crinoline des éditions de luxe. Si humble que soit votre tunique, si timide que paraisse votre parure ou votre visage, approchez, le faux Paris a deviné peut-être sous ces modestes apparences le génie et l'avenir. Dans le faux Paris, un artiste peut jouer les pierrots et les funambules avec autant de vogue qu'un ténor peut chanter la Lucia. Ne faut-il pas quelquefois plus de talent ?

L'admiration du faux Paris s'adresse impartialement et généreusement à tous : classiques un peu exclusivement renfermés dans le culte de la satire froide et de la tragédie monotone ; fantaisistes un peu trop clowns mais éclatants parfois comme les premiers sont spirituels ; réalistes un peu trop crûs, mais flagrants observateurs à certains jours ; historiens plus heureux dans le récit que dans la pratique des événements, et dont la France est fière après tout parce qu'ils lui ont raconté avec une large exactitude son histoire la plus nouvelle ; poètes éblouissants d'harmonie et de couleur, dont les cheveux blancs sont peut-être plus jeunes que leur propre jeunesse : à tous il donne ses applaudissements et son amour mérités.

IV

Mais avant toute chose, plus que toute chose, le faux Paris est religieux, respectueux, honnête.

Ce n'est pas lui qui insultera Dieu ou le niera, ce n'est pas lui qui insultera à sa propre immortalité, à son âme, à sa dignité humaine, à sa grandeur. Il croit que l'amour, l'espérance, la poésie, la vérité, l'innocence, le malheur sont choses vénérables, sacrées, dignes de culte. Il sait bien que si le cadavre humain n'est que de la pourriture vouée à l'anéantissement, il ne vaut pas la peine de tant s'enorgueillir, de tant se parer de soie et de velours, de tant faire de politique, de tant croire à la sublimité du mandat électoral ou de l'écharpe échevinale. La femme ne peut lui paraître belle, suave, désirable, que si elle est immortelle, appelée à une inviolable jeunesse. Tout ce que les enfants prétentieux décorés du nom d'hommes, apprécient si fort : le coupon de rente, l'encaisse de la banque, l'émission de valeurs, le taux de l'escompte, la question des Principautés, la question des duchés, la question d'Orient, la question du Zollverein, le sucre de betterave ou le sucre de

cannes, le guano, le sorgho, les chapeaux
Paméla, la suppression des péages, les démo-
litions, les reconstructions, les tarifs doua-
niers, la vénalité des offices ministériels, tout
cela lui est de la boue et du nihilum, parce
que leur durée est la durée d'un jeu de raquette
ou de barres, leur prix le prix de la poussière,
leur utilité l'utilité d'un jouet.

Il a bien autre chose à penser et à faire
vraiment ; il a bien d'autres intérêts à soigner.
Je vous le demande, quel profit son intelligence et son âme chrétiennes, filles de Dieu,
peuvent trouver à tous ces prétendus positi-
vismes, les plus complets néants qu'on puisse
imaginer !

Aussi le bien se fait dans le faux Paris avec
un ensemble merveilleux. Les établissements
du bien y pullulent avec une progression que
rien n'arrête. Cette prétendue Babylone est
au contraire la Rome et la Jérusalem nouvelles: tout cœur religieux, ou simplement at-

taché à Dieu, trouve son pole dans cette cité sainte et sacrée.

Et si le faux Paris est religieux, il est tolérant. Les systèmes pas encore complètement possesseurs de la vérité, mais s'en rapprochant par degrés, mais recherchant avec sincérité l'avènement de Dieu, et destinés à l'obtenir, à le saluer, sont admis chez lui, sur son cœur. On sent dans le faux Paris, qu'il faut se prêter à toutes les faiblesses de l'intelligence, à tous les écarts de l'imagination, à toutes les petitesses de l'humaine nature ; pardonner beaucoup aux démences de la civilisation, aux malades orgueils de la science, aux étrangetés des philosophies personnelles, souvent couvées dans la solitude sombre et l'indigence sans nourriture.

Aux hommes de génie, aux hommes de talent, aux hommes de pensée, il se garde bien de dire des injures. L'injure lancée contre le génie, cesse d'être une injure, c'est déjà un blasphème. Il attend avec patience que le vrai, à l'état cosmogonique, à l'état de chaos, d'œuf, d'embryon, mélangé de toute espèce d'erreurs se dégage, pur comme l'or vierge, de ces nobles intelligences, où les anarchies d'un siècle sans frein l'ont réduit à renaître péniblement comme s'il n'avait jamais existé.

Si la mort, impitoyable jalouse du génie, vient chercher ces natures d'élite pour les conduire à la tombe où elle les scelle dans le silence qui ne s'interrompt plus, le faux Paris se garde bien de dire : Il a persévéré dans son erreur, dans sa révolte, donc c'est un perdu, un réprouvé, un démon. Oh non! jamais le faux Paris ne se permettra cela. Il sait que beaucoup et beaucoup ont cherché Dieu et n'ont pu le trouver, malgré leurs angoisses mystérieuses et leur sentier plein de ronces vers le ciel où il se cache. Il sait que ce grand et bon Dieu est plus grand dans sa miséricorde que toutes les aberrations et tous les crimes de l'homme, et que l'aspiration vers lui, même de l'abime du doute, de ce *de profondis* où l'âme se consume, lui est agréable comme un encens d'agréable odeur. Il sait que si la justice a des droits imprescriptibles, l'homme est définitivement créé pour louer et bénir Dieu, et qu'il a fait, qu'il fera tout, ce Jéovah pour retrouver cet adorateur, cet ami dont il ne se peut priver.

Enfin, le faux Paris est grand, digne d'être le vrai Paris, le seul Paris, l'éternel, le divin Paris. Je lui donne, je lui décerne cette couronne en finissant. Réceptacle et retraite du monde, il enserre définitivement toutes les pensées, toutes les entreprises, toutes les gloires et tous les avenirs humains. C'est par lui qu'il faut passer pour arriver à la renommée, c'est par son avenue étincelante de vérités et de lumières, et de triomphes de l'intelligence, qu'il faut se diriger vers le ciel. Dieu est au bout de ses palais de marbre, de ses jardins enchantés, de ses strophes de feu et de ses hommes de génie.

Comme post-face j'ajouterai quelques consi-
dérations, quelques glanes échappées à ma
moissou.

Dans le faux Paris, la probité n'est plus une vertu, c'est un devoir. Ne pas voler, ne pas laisser voir son jeu de friponnerie ou ses balances partiales, dans le commerce et l'industrie, était tout ce qu'on exigeait des habitants du vrai Paris. On était proclamé honnête homme pour ne pas à onze heures du soir, se poster une escopette au poing à l'encoignure des rues du Bac et de Verneuil, ou Grange-Batelière et faubourg Montmartre, et attendre le remisier gros et l'agent de change plein... plein de valeurs.

Si l'on payait bien ses deniers à Dieu en changeant de logis, et surtout les étrennes au portier; si, marchand d'épices, on ne flouait pas trop ses pratiques, si faiseur d'affaires on ne gagnait que 300 p. 100. l'on pouvait espérer un prix Mouthyon.

L'homme au petit manteau bleu octroyait au récipiendaire de la petite vertu ses poignées de main et son intime amitié. Tout le monde vous tirait le chapeau sur le boulevard.

Ajoutez à ces prouesses faciles, quelque sauvetage sûr dans un canot bien verni sur les flots orageux de Suresnes ou de Bercy, et volontiers l'on vous bâtissait une chapelle votive et l'on vous érigeait une statue chlamydée sur la place Vintimille.

Ce n'est plus cela dans le faux Paris. Pour être estimé, honoré, proclamé grand citoyen ou bien méritant de la patrie, il faut avoir fait quelque chose de sérieusement utile, de sérieusement beau, de vraiment admirable. Une longue vie consacrée au service de l'humanité, au soulagement désintéressé de ses souffrances, à couvrir de son large manteau tous les dépouillés, à convier, non plus à ses soupes économiques, à ses bouillons à la hollandaise, mais à son festin sans limites, à ses agapes sans mesure et sans rations, à la vie laborieuse et pleine de jouissances, tous ceux qui ne mangent, ni ne vivent, ni n'aiment, ni ne jouissent; de longues veilles pour préparer les voies à l'émancipation des serfs, des noirs, des enfants-trouvés, des ignorants, des barbares, des sauvages, des infirmes, des Irlandais, des Grecs, des Roumans, des Slaves, des gitanos, des lépreux, des gahets, des pariahs; l'or, le baume, la consolation plus riche, plus douce et plus parfumée encore, versés à flots; la santé et le bonheur et les affections sacrifiés pour supprimer une infortune, sauver un peuple ou un homme, empêcher qu'une jeune fille se perde ou qu'un animal souffre, voilà ce que le faux Paris couronne, béatifie, canonise.

Faux sages, Pharisiens tout en dehors blanchâtres et en avares aumônes, philanthropes qui savez organiser une société comme un comptoir, mais y mettez peu de votre poche, votre place n'est pas dans le faux Paris. Il faut être sublime ici ou rien. Le mezzo termine n'est pas permis. Que de magnificences de vertu ignorées, s'accomplissent de l'aurore aux premières ténèbres de la nuit, dans tous les carrefours de ce faux Paris, tant maudit de ceux qui ne le connaissent pas! Dieu demandait dix justes pour sauver Sodome; il s'accomplit sur ce sol béni et purifié, tous les jours que le Bon Dieu crée, des actes de sainte vie, de sacrifice, d'héroïsme à sauver mille mondes, à racheter un million de races humaines si elles étaient perdues.

Et cela dans tous les cultes, dans celui surtout que nous professons, parce qu'il est le plus nombreux et le plus voisin de la croix; dans les autres aussi, parce qu'ils reposent sur d'honorables convictions et professent l'amour du même Dieu paternel qui nous créa tous.

Quand le faux Paris n'aurait à montrer à l'univers que sa petite sœur des Pauvres, il y en aurait assez, pour lui obtenir le filial enthousiasme de toutes les régions du monde terrestre.

Je parlais du portier. Le portier dans le faux Paris, n'est pas ce que des exagérations conventionnelles l'ont fait. Il est et je l'ai toujours vu ainsi, honnête, poli d'une politesse toute parisienne et courtisanesque, dévoué aux intérêts de la maison où il a son nid, rendant bien des services ignorés et payés d'ingratitude aux misères élégantes qu'il couvre de son humble protection, ne payant, lui, l'injure que par l'oubli.

Dans le faux Paris, l'étranger se fait Français, Parisien ; avec autant de facilité qu'un naturel du boulevard de Gand ou de la rue de la Harpe. Pourquoi cela? Parce que le faux Paris met les gens à l'aise, parce qu'il a pour caravansérails les plus comfortables hôtelleries qu'il y ait du Caucase aux Alleghanys, parce que c'est un Mezzofante et que les langues lui sont infuses. Il sert d'interprète-juré à tous les klans de la race humaine. À merveille il donne ses mœurs, ses allures, son cachet à tous les fils de famille qui nous viennent de toutes les latitudes : rejetons d'hospodars, de pachas, de caciques, de sheiks, de notaires et de marchands de savon.

Le boyard moscovite pousse en pleine terre dans le faux Paris. Plus que Saint-Pétersbourg, il offre à cette noblesse du Tzar des palais et des galeries de chefs-d'œuvre ; autant que Nice et Cannes, le climat de Lutèce leur est doux, mais avec plus d'ivresses, d'illuminations, de féeries et d'Armides. Les nababs du Bengale viennent ici manger leurs milliards — on ne peut en manger que dans le faux Paris, — et préfèrent le séjour calme de la chaussée d'Antin à l'orageux paradis de Sirdanah et de Delhi.

Les lords anglais, ces autres nababs, vivent à côté des premiers, aussi heureux, aussi billionnaires et sans le moindre souvenir des orgies sanglantes de Cawnpore.

A côté des grands vassaux en off, fils de l'absolutisme russe, vivent également en bonne intelligence et en communauté de luxe et de nobles plaisirs, les comtes italiens échappés au Spielberg et aux illusions du carbonarisme, les diplomates viennois tout parfumés des traditions de Kaunitz et oublieux des machiavélismes de Metternich, les chefs de Creeks de l'Amérique septentrionale, les négociants puritains et opulents de Boston et de Portland.

Tous en famille, parce que le faux Paris est la cité de l'union et de la fraternité définitives.

FIN.

Bordeaux, Imprimerie de Balzac jeune, rue du Temple, 7.

Je crois inutile de donner ici la liste
d'un grand nombre d'ouvrages par moi
publiés.